KB055701

로크미디어가
유혹하는
재미있는 세상

ROK
MEDIA
로크미디어

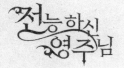

전능하신 영주님 13

2022년 5월 19일 초판 1쇄 인쇄
2022년 5월 24일 초판 1쇄 발행

지은이 가휼
발행인 김정수 강준규

기획 이기헌 왕소현 박경무 강민구
책임편집 백승미
마케팅지원 이원선

발행처 (주)로크미디어
출판등록 2003년 3월 24일
주소 서울시 마포구 성암로 330 DMC첨단산업센터 318호
Tel (02)3273-5135 **편집** 070-7863-8595 **Fax** (02)3273-5134
홈페이지 rokmedia.com **E-mail** rokmedia@empas.com

ⓒ 가휼, 2021

값 8,000원

ISBN 979-11-354-7093-6 (13권)
ISBN 979-11-354-9918-0 04810 (세트)

ROK
MEDIA
로크미디어

전능하신
영주님

가휼 판타지 장편소설

13

로크미디어

Contents

1장

신년식이 1주일 앞으로 다가왔다.

영지는 신년식 준비로 바쁘다.

영주 관저 앞의 중앙 광장에 무대가 준비되고 있다.

이번은 전년과 다르게 통나무로 행사장을 준비하지 않았다.

바르테온의 명물 건축자재인 바르콘 블럭으로 무대를 건설 중이다.

무대를 이루는 단뿐만 아니라 장식을 하는 석상들 또한 위용 넘치게 올라가고 있다.

특히 카일의 모습을 딴 석상은 높이가 무려 10미터가 넘는다.

사사레가 페르벤과 술사들과 함께 작정하고 시행한 것이라 과한 줄 알면서도 하지 말라 하지 못했다.

그리고 이런 행사에선 조금 과한 게 모자란 것보다야 낫다.

"이번 마상시합도 수신제와 같은 양식으로 하시겠습니까?"

"아니오. 신년식은 전통적인 마상시합으로 합시다. 신년식까지 그런 식으로 하면 1년에 두 번이나 피를 봐야 하는 셈이오."

그 말은 올해 수신제에서도 결투의 장을 열겠다는 뜻이다.

사사레는 카일의 그런 염두에 잘 둔 후 다음 안건으로 넘어갔다.

"예, 알겠습니다. 그러면 전통적인 마상시합장으로 준비토록 하겠습니다. 그리고 신년식 포고문 발표의 인선 배치건입니다. 확인 부탁드리겠습니다."

카일이 명단을 훑었다.

이런 큰 행사에 있어서 인선의 자리 배치는 무엇보다 중요하다.

오른쪽에 앉냐 왼쪽에 앉냐부터 시작해서 누가 더 윗단이냐 반 단 아래냐, 단상에서 나가 있는 논외 대상이냐 등등.

고려할 게 수두룩하다.

자신이 생각하는 자신의 위치에 비해 실제 위치가 모자

라고 생각이 들면 명예가 실추되었다 여기기도 하고 심한 경우 모욕을 당했다고 느끼기도 한다.

사실 이런 자리 배치를 그런 식으로 활용하기도 하고 말이다.

하지만 이 포고문의 주인공인 카일의 입장에서야 그런 관계 역학적인 문제는 다 부차적인 것들이었다.

"이 자리는 빼야겠소."

카일은 첫 열에 있는 이름을 우선 골라냈다.

"이 자리를…… 빼는 것입니까?"

"그렇소. 이미 사직하신 분인데 공식 행사에 이름을 올리고 있는 것부터가 스승님의 뜻에 반하는 것이오."

칼데온이 사직을 한 것은 누구나 다 안다. 하지만 다른 정무관들 못지않게 굵직한 정무를 보고 있다는 것 또한 누구나 다 알고 있다.

특히 이번 전쟁에서 볼트 일파를 중심으로 한 이적죄인들을 소탕하는 데 일임했고 로살롯과의 우호 관계 증진에서도 중심적인 역할을 했다.

그리고 지금은 솔로 기능공들을 모집하러 갔다.

명예롭지 않은 궂은일까지 떠맡은 셈이다.

사사레는 그 모든 것을 고려하여 칼데온의 이름을 1열에 올렸던 것이다.

"하오나, 사직 이후 지금까지 해 오신 과업이 하나같이 중하고 궂은 것들이온데……. 그리고 앞으로도 그와 크게 달라지지 않는다면 제안은 하는 것이 옳지 않은지요?"

바르테온의 신년식이 1월도 아닌 2월 중순에 하는 이유는 신년식이 가지는 상징성뿐 아니라 정무적인 의미가 큰 몫을 한다.

해가 바뀐 후의 1월은 지난해에 미처 처리하지 못하고 넘어온 안건들을 마저 완료를 하든, 한번 정리를 하든, 종결을 짓는 달이다.

즉 전년도 사업을 정리하는 시간이다.

그다음 2월 보름의 기간 동안은 향후 있을 1년간의 중요 사업에 대한 계획을 짜는 기간이고 신년식에서 올해의 중요 사업에 대한 목표를 발표하는 것이다.

그리고 그 순간의 자리 배치가 앞으로의 신년 계획에서 중추를 맡을 이들이란 뜻이다.

즉 신년식은 영주가 올 한 해 동안 자신 뒤에 둔 사람들과 함께 이런 사업을 하겠다고 발표를 하는 자리인 셈이다.

그러니 사사레의 말은 틀리지 않다.

올 한 해 칼데온의 역할이 컸고 내년에도 비슷할 것 같으니 1열에 올려야 한다는 뜻이었다.

"앞으로 내 치적이 기록되는 역사에서 칼데온 지크라는 이름은 없을 것이오."

하지만 카일은 단호했다. 아니, 냉정하게까지 느껴질 정도였다.

사사레는 순간 몰골이 송연하여 자신이 건드리면 안 되는 영역을 건드린 건가 싶을 정도였다.

어쩌면 이번에 솔로 파견을 간 것이 좌천이자 추방일지도 모른다는 느낌까지 들 정도였다.

지금까지 둘이 서로 그렇게도 죽고 못 사는 사이였는데, 어쩌다가 한순간에 그리된 것인지 알다가도 모를 영문이었다.

그리고 그런 사사레의 복잡한 심경은 카일에게 금방 읽혀졌다.

"쓸데없는 추측하지 마시오. 스승님께서 진심으로 원하는 바가 이것이오."

"그, 그렇습니까? 하하. 제가 미처 아는바가 없어서 이리 실수했습니다. 하면 명대로 따르겠습니다."

사사레로서는 그 진위를 가릴 능력이 없었다. 그저 그렇구나 하고 고개를 숙였다.

"그러면 지크 공이 빠진 자리로 차례를 한 칸씩 조절하도록 하겠습니다."

"아니오. 그 자리에 그대로 레온을 올리시오."

칼데온의 자리가 카일의 오른편이었다.

물론 지난 십수 년간 기사장으로서 항상 그 자리에 서 왔던 것이 칼데온이었다. 하지만 칼데온이 빠진다고 해서 레온이 칼데온 대신이 될 수 있는 것은 아니다.

그것 또한 바르테온의 전통이었다.

"하나하나 말해서야 끝도 없겠군."

카일은 아예 종이를 새로 꺼냈다.

그러곤 1열에 앞서 측열 1석에 레온을 홀로 놓았다.

그다음에 1열 1석 또한 비슈라는 파격적인 이름이 들어갔다.

아무리 비슈가 마스터로서 바르테온에 없어서는 안 되는 인력이라곤 하나, 1열 1석이란 자리는 그 상징성만으로도 엄청난 자리였다.

그 자리에 비슈를 올린 것이다.

'설마 비슈 공께서 약혼자로 내정이 되어 있는 것인가? 그렇지 않고서야 신년식의 1열 1석을 배정하다니……. 지금까지 분위기로 봐서는 로살롯 영주와 이어질 줄 알았는데, 역시 거처를 저택에 두실 때부터 이런 의중이셨던 것이었구나.'

"사사레 경."

"예, 예, 영주님."

"이상한 추측하면 탈 나오. 얼굴에 다 드러나고 있소."

"소, 송구합니다. 워낙 파격적인 인사인지라 그 의중을 떠올리느라 삿된 생각을 하였나 봅니다."

"앞으로의 정무에서 주어진 일만 하는 것은 값이 없소. 현재를 유지하는 것만으로는 최대가 2열이오. 1열은 현재를 바꾸는 자들의 이름이 올라가야 할 것이오. 그런 의미에서 비슈는 그 누구보다 큰 공이 있는 인물이고 앞으로도 그럴 것이오."

그리고 카일은 그다음 이름을 적었다.

그 이름에 사사레는 자신도 모르게 안도의 한숨을 내쉬었다.

천만다행스럽게도 란돌의 이름이 1열 2석에 올라간 것이다.

란돌이라면 친위단장으로서 정통성과 세력이 있고 이번 전쟁에서도 카일의 노잡이를 자청하며 최전선에서 함께 싸운 공로가 있었다.

하지만 카일이 란돌을 1열 2석에 배치한 이유는 그것과 전혀 다른 이유였다.

말했던 대로 변화를 만드는 능력이 기준이다.

란돌은 그 거대한 충성심과 경쟁심을 원동력으로 지금까지 없는 경비, 감시체계를 구축하고 있는 중이다.

카일이 감청 오브를 제공해 주긴 했지만, 그것을 어떻게 활용하고 그것을 활용하는 인원들을 어찌 배치하여 운영할지는 대부분 란돌의 판단이었다.

지금이야 그것이 낙원단의 테러 행위를 막는다는 군사적 범위이지만 낙원단이란 위협이 완전히 사라지고 나면 일반

치안의 역영으로 확장될 것이다.

영지 전체를 아우르는 빈틈없는 치안 체계를 만들고자 하는 것 또한 카일의 큰 목적 중 하나인데, 현재 란돌의 수행이 그와 같은 선상에 있었다.

그래서 2석이다.

그리고 그렇기에 레온을 측열로 뺀 것이다.

오직 지크로서 중심을 잡으라는 의미인 동시에 변혁을 만드는 인선과는 관계가 없음을 시사한 것이다.

또한 그렇기에 3석의 칸에 소피아의 이름이 올라가는 것이고.

"여, 영주님, 지, 지금 적으신 이름이 혹시 11단 소속의 단원을 지정하신 것인지요?"

"그렇소."

카일은 무심히 답하고 그 뒤로 데미트라의 이름을 적었다.

그나마 그 이름이 사사레에게 안도의 한숨을 끌어내었지만 이게 다행스럽다고 하고 지나갈 일이 아니었다.

소피아란 이름이 비슈보다도 더한 파격이었고 데미트라 뒤에 줄줄이 이어진 이름도 건축관 페르벤과 조선장 마도스였다.

더욱이 마도스는 비슈와 다르게 공식적인 귀화를 하지 않은 인물이었다.

그런 자를 1열 5석에 넣은 것이다.

그리고 그 뒤에 마침표가 찍혔다.

최소한 열다섯 명은 넘어가던 1열 인선이 그 반도 안 되는 수로 끝나 버린 것까지 파격적이었다.

사사레는 이 인선을 가지고 어떻게 행사 준비를 해야 할지 눈앞이 깜깜해지는 느낌이었다.

이 인선대로 정무관들에게 사전 공지가 나가야 하기 때문이다.

이미 수관인 자신의 이름이 1열에 적히지 않았다는 것 따위는 아무래도 상관없는 지경이었다.

"2열은 과업을 수행함에 있어서 새로운 안건과 시도를 지속적으로 개발하는 자들을 기준으로 넣으시오. 3열부터 기존과 같이 주어진 과업의 중요도에 따라 배치하면 될 것이오."

"여, 영주님, 이리 되묻는 것이 참으로 송구하오나, 제가 도저히 맥이 잡히지 않아서 질문드립니다. 영주님께서 말씀하신 기준대로라면 저나 모즈 경, 챠드 경, 휴슬레 경과 같은 경우 전부 3열이 되는 것인지요?"

"경과 모즈 경은 3열이 맞소만 휴슬레 경은 아니오. 휴슬레 경은 농사법과 신규 농지 개척에 있어서 꽤 많은 창의를 비추었소. 2열로 두시오."

"아…… 아아……. 예, 예, 예…….."

당최 그게 지금 중요한 것인지 듣는 와중에도 좀처럼 받아

들여지지가 않았다.

　휴슬레가 2열이고 모즈가 3열이고 떠나서, 1열에 적힌 이름들이 아직도 머리에 입력이 되지 않았던 탓이다.

　"정리가 되면 다시 보고 올리도록 하겠습니다."

　그래서 지금 당장은 할 말이 그것밖에 없었다.

　"다음 보고 건 있소?"

　"없습니다. 모든 것이 순조롭게 진행되고 있습니다."

　"년부금 징수는 어떻소?"

　"영주님께서 새로 배포하신 도량법을 기준하여 오차 없이 징수하고 있습니다."

　"노고가 많소. 하면 이만 정무 보시오."

　"여, 영주님. 송구하오나 제가 다시 한번만 여쭈어도 되는 것인지요?"

　"말하시오."

　"정말 1열 인선을 이대로 진행하시는 것인지요? 설혹 이것이 다른 중추들과 모두 합의가 끝나 있는 것이고 저는 그냥 정리만 하면 되는 사안인 것인지요? 아니면 제가 이걸 알려서 행사 준비를 해야 하는 것인지요?"

　"사전 정리는 되어 있지 않소. 경이 고지하여 행사 준비를 진행하면 되오."

　"그, 그렇습니까……."

　카일이라고 사사레가 이러는 이유를 헤아리지 못하는 게

아니다.

"기준은 제시해 주었고 지금 인선도 기준에 맞는 인선이오. 논공행상과는 다른 것이니 반발하는 자가 있으면 직접 나를 찾아오라 하시오."

이미 설명은 충분하니 설명하지 말라 했고 명령하라 했다.

명령하다 보면 충성심의 진위를 가리는 순간이 오게 될 거라고도 들었다.

하지만 이것을 기회로 삼아 충성심을 떠보려 하는 것은 아니다.

그저 새로운 시대를 새로운 기준으로 삼은 사람들과 열고 싶은 것이며 신년식의 목적성에 맞춰 인선을 한 것이다.

그러니 이대로 고수할 생각이다.

"알겠습니다. 그러면 명대로 진행하겠습니다."

사사레는 더 할 말이 없어 고개를 숙이고 나왔다.

그래도 암담했던 속이 좀 낫다.

카일로부터 자신을 찾게 하란 말을 들었기 때문이다.

영주님께서 직접 설명해 주신다 했으니 의구심이 있는 자는 찾아오라 하셨습니다 한마디면 완벽한 방패가 되어 줄 것이다.

사사레는 용기를 내어 정무관들에게 카일이 정해 준 인선을 전파하기 시작했다.

우선 1열에 대한 확인이 되어야 2열에 대한 결정이 의미가 있을 것이기 때문이다.

기사들은 기사들대로 난색을 표했고 행정관들은 행정관대로 난색을 표했지만, 역시나 자신을 찾아오라는 카일은 말 한마디로 모든 반론이 일축되었다.

대부분의 주요 인사들에게 확인을 받은 사사레는 마지막 남은 이들에게 확인을 받기 위해서 통신 오브를 연결했다.

─사사레 경. 오랜만이오. 경께서 통신을 다 걸고, 무슨 일이라도 있소?

모즈가 사사레의 통신을 받았다.

사사레는 모즈에게도 있는 그대로의 사실을 전했고 모즈 또한 그저 알았다고밖에 할 말이 없었다.

통신을 끊은 모즈는 복합한 표정으로 챠드를 보았다.

"왜 그러시오? 무슨 일이 있소?"

"영지 소식을 하도 오랜만에 들어서 그런가, 뭔가 크게 바뀌고 있는 것 같소."

모즈는 챠드에게도 자신이 들은 바를 설명했다.

평소 생각이 깊은 챠드도 이번 인선에 대해서는 도저히 전후 상황을 유추할 수가 없을 지경이었다.

"이런저런 사람은 다 이해한다 쳐도 소피아라는 11단원은 도저히 상상이 안 되는군."

"설마하니 영주님께 애정을 받은 인물이 아닐지……."

"아무리 그래도 그렇지 영주님께서 11단원을 부인으로 맞을까 그러시오?"

"그러지 않을 이유는 무엇이오? 영주님께선 출신으로 사람을 평가하지 않으신데. 여기 비슈 공을 1석에 올린 것만 봐도 알 것 아니오."

"로살롯 영주와 어떠한 논의가 진행되고 있다는 소문이 하나도 없지 않소. 일에 순서라는 게 있는데, 설마하니 11단원을 먼저 올릴까 싶소. 정말 그녀가 애정을 받았다고 하더라도 말이오."

"흐음……. 일이 그렇게 되는 것인가-."

"무슨 허튼 소리들을 하고 있는 겐가."

"아, 지크 공, 여긴 어인 일로-."

"내가 못 올 곳 왔는가?"

"아니, 그런 뜻이 아닌 줄 아시지 않습니까. 통신을 하시면 될 것을 어찌 직접 올라오셨는가 싶어 여쭌 것입니다."

"무슨 일이 있어서 찾아온 게 아니라, 그대들의 목소리가 영 귀에 걸려서 찾은 것이네."

칼데온은 단호히 지적했다.

사직을 했어도 그의 무게감은 여전하다.

오히려 전보다 더 강해진 듯한 느낌마저 있었다.

카일의 권력이 강해지면 강해질수록 카일이 유일하게 허락을 구하는 칼데온의 입지 또한 함께 공고해졌기 때문이다.

그것을 잘 알기에, 모즈와 챠드 둘 다 칼데온이 기능공을 모집하기 위해 솔에 온 것을 다른 정치적 의도로 해석하지 않았다.

"다름이 아니오라, 영주님의 정무적 판단에 대해서 저희의 짧은 소견이 따르질 못해서 말입니다."

"영주님께서 행하시는 것이면, 뭐든 옳은 일인 것을."

"당연히 그러시지요. 당연히 그럴 것이오만, 저희도 그 뜻을 헤아려 보조를 맞춰야 하지 않겠습니까."

"무슨 일이길래 그리 호들갑들이야."

칼데온이 마지못해 물어 줬다.

모즈는 한결 밝아진 표정으로 사사레에게 전달받은 바를 이야기했다.

그것을 가만히 들은 칼데온은 아주 흡족하여 고개를 끄덕였다.

"영주님께서 이제야 자신의 정치를 하실 마음이 드신 모양이로군."

"지크 공?"

"공께선 혹시 사전에 전해 들으신 바가 있으십니까?"

확실히 챠드의 질문이 매서웠다.

칼데온은 괜한 소리를 해서 자신의 영향력을 표출할 필요가 없을 거라 생각했다.

"전해 듣기는. 영주님의 헤아림을 우리가 판단하는 것도 불충인 것이지. 지금까지 보았지 않나. 모든 것이 최고의 답이었던 것을. 그러니 이번에도 따르면 될 것이네."

"그것이 저희를 버리는 결정임에도 따라야 하는 것입니까?"

챠드가 다시 한번 물었다. 자칫 잘못하면 불충으로 몰릴 수 있는 질문이었다.

아마 다른 이가 이와 같은 질문을 했으면 칼데온도 그 의도를 먼저 물었을 것이다.

하지만 챠드이기에 괜찮다. 순수한 사실 확인의 차원에서의 질문임을 안다.

"영주님의 모든 선택은 바르테온 가문이 아닌 바르테온 영지와 영지민들을 위한 것이네. 그러니 기사도를 수행하는 기사로서 당연히 따라야 하는 일이지."

"그렇군요. 명쾌해졌습니다. 그러자니 그저 순수하게 궁금증이 듭니다. 공께선 이 소피아라는 인물의 공적에 대해서 아시는 바가 있으신지요?"

"미주알고주알 떠들어 줘 봐야 재미가 있나. 신년식 때 직접 보게나. 아예 이해를 하지 못할 순 있어도 이해를 하고 나면 납득 또한 자연히 따라올 것이네."

칼데온은 그렇게 참견을 끝내곤 자신의 용무를 봤다.

바로 주변 탐사 겸 시론의 훈련이다.

"시론, 주변을 돌며 수상한 자를 확인해라. 그 후엔 선착장으로 가서 명단과 다른 사람이 있는지 확인하고 오거라."

"예, 어르신. 다녀오겠습니다."

명령을 받은 시론은 쏜살같이 뛰었다.

칼데온과 함께 솔에 온 이후 시론은 단 한 걸음도 걸어 본 적이 없었다.

정말 단 한 걸음을 이동한다 하여도 뛰어서 이동했다.

그것이 칼데온이 심어 준 마나의 흐름이었기 때문에 의지와 무관한 것이다.

뛸 수밖에 없는 몸이 되어 버린 것이다.

처음에는 그것이 미치도록 어색하여 한 걸음도 내디딜 수 없었지만 지금은 전혀 개의치 않고 한 걸음마다 전력으로 뛰어다녔다.

그렇게 전력을 쥐어짜 뛰어다니며 명령을 이행한 시론은 다시 요새로 돌아왔다.

"어르신, 명대로 이행하고 왔습니다. 수상한 자도 보지 못했고 명단과 다른 사람이 섞여 있지도 않았습니다."

시론은 낮은 음으로 보고했고 칼데온은 가볍게 고개 한 번 끄덕여 줄 뿐 시선을 주지 않았다.

지금 칼데온의 시선은 독대 중인 남자에게 고정되어 있었다.

"그래, 극단을 운영한다고? 벤자르에 이 정도나 되는 극단이 없을 텐데?"

"이번 기술공 모집에 참여하고자 제가 평소 알고 지냈던 여러 배우들과 작은 규모의 극단원들까지 전부 규합하여 찾아온 것입니다. 한 명이라도 수가 많은 것이 좀 더 좋은 대접을 받을 수 있지 않을까 했습니다."

"사람을 관리하는 것도 능력이라면 능력이지. 그 능력 높이 사도록 함세."

칼데온의 모습은 지금까지 기술공들을 면담하는 것과 크게 다르지 않았다.

하지만 그 기운만은 눈앞의 극단장의 모든 것을 훑어 내고 있는 중이었다.

아무리 봐도 평범한 극단장이 아닌 듯했기 때문이다.

그리고 칼데온의 그런 추측은 확실히 적중했다.

"그리고 또 한 가지, 저는 별낙원의 선생입니다."

갤리언이 자신의 신분을 있는 그대로 고백했다.

❖

"아무래도 이 수밖에 없는 것 같습니다. 이제 더 늦으면 배가 뜰 것입니다. 결단을 내려야 합니다."

"눅스는 영영 찾지 못한 것인가?"

"안타깝지만 그렇습니다. 눅스에 대한 작은 단서라도 찾기 위해서 지금까지 100명에 가까운 인원을 투입하였습니다. 그런데 어찌 된 일인지 갑자기 경계가 강화되어 고작

3일 사이에 38명이 현장 사살당했습니다. 이게 무슨 뜻이겠습니까."

빈스에게 보고를 하는 갤리언의 얼굴엔 비통함 없이 담담했다. 모두 낙원으로 갔을 거라 믿기 때문이다.

"자네는 그것으로 눅스가 발각되었다고 보는 것인가?"

"그러지 않고는 이렇게까지 경계 태세가 올라갈 수가 없습니다. 그리고 그런 이유 때문에 저 도살자가 말도 안 되는 이유를 대며 직접 벤자르에 온 것이지 않겠습니까?"

지금 벤자르에 칼데온이 입성해 있다.

공식적인 명목은 기술공을 모집한다는 이유였다.

기술공에 대한 것은 일전에도 도로 포장공에 대한 모집이 있었다.

이번에도 그때처럼 그냥 칙령서를 내리면 될 일이다.

그런데 총독관도 아닌 도살자가 직접 와서 부탁이란 단어를 운운했다.

말도 안 되는 일이라고 여겼다.

그것을 보고 무지몽매한 우민들은 바르테온에서 이렇게나 정성을 들인다고 하였지만, 갤리언의 눈에는 그 모든 게 위장처럼 느껴졌다.

"개연성이 있는 서사이기는 해."

"악적 바르테안은 평소 원수의 껍질을 벗겨 신을 만들어 신는다고 했습니다. 비통한 말씀이지만 눅스의 신변은 어디서도 찾기 어려울 듯합니다. 그러니 이번엔 제가 들어가겠습니다."

"자네가 직접 움직일 필요가 있는가?"

"일전, 선생님께서 눅스 다음은 저의 차례라고 하셨습니다. 저는 그 말씀을 잊지 않았을뿐더러 피할 생각도 없습니다. 마땅한 소임이라 여깁니다."

"아무리 보아도 위험해. 저들이 눅스를 파악하여 손을 독하게 쓰는 것인지, 아니면 이제서야 우리 사람을 추릴 안목이 생겨 있는 그대로 참하는 것인지 파악이 되지 않았네. 하지만 중요한 것들은 저들이 어떤 수로든 우리의 인원을 파악할 눈을 가졌다는 것이네. 자네 또한 안전치 않아."

"분명 그럴 것입니다. 하지만 이만한 기회는 또 없습니다. 따로 기회를 만들어 들어가려거든 훨씬 더 어려운 수를 써야 합니다."

"그렇다고 하여도 도살자의 눈을 어찌 속일 셈인가? 그는 마스터네. 위장으로 속일 수 있는 상대가 아니야."

"해서 어설프게 속이려 들지 않을 참입니다. 저는 그에게 제가 별낙원의 선생인 것을 그대로 밝히며 투항할 것입니다."

"자네―! 너무 큰 도박이야."

"도박을 걸지 않으면 판을 뒤집을 수 없는 상황입니다."

"급히 볼 것 없어. 우리의 성전은 불씨가 완전히 꺼지지 않는 한 영원히 지속될걸세. 그러니 불을 꺼트리기보단 이어 가게 해야지."

"예. 그러할 것입니다. 저 또한 하나의 불씨가 되어 이 숭고한 성전을 이어 가도록 할 것입니다."

갤리언의 얼굴은 확신으로 가득 차 있었다.

빈스는 갤리언이 이런 표정을 지을 때는 그 어떠한 타이름도 통하지 않다는 것을 경험으로 알고 있다.

"자네가 없으면 실질적으로 조직을 관리할 사람이 남지 않아."

"그에 대한 것은 사람을 몇 남겨 두겠습니다. 그리고 선생님께서 이렇게 현신해 계신데 무슨 걱정이 있겠습니까. 선생님께서 저 따위를 높이 사 주시는 마음은 감사하나, 저 또한 성전을 위해 불씨가 되는 영광된 기회를 허락해 주십시오."

"흐으음ㅡ. 자네의 뜻이 그렇다고 하니 내가 극구 말릴 수가 없겠군. 하면 어찌할 작정인가? 무작정 입성만 한다고 될 건 아닐세."

"리사와 함께 갈 생각입니다."

"리사까지!"

"예. 리사ㅡ."

갤리언이 리사를 불렀다.

리사는 두툼한 겨울옷을 입었음에도 여성으로서 매력을 뿜어내는 몸매의 소유자였고 머리칼로 얼굴의 대부분을 가리고 있었음에도 눈매만으로도 남자를 홀릴 만한 아름다운 외모마저 가지고 있었다.

"선생님, 저 또한 단장님을 보조하여 성전에 손을 거들도록 하겠습니다."

"리사, 너는 변변한 마나 능력도 없지 않느냐. 네가 무엇을 한다고 그 위험한 곳을 간다 그러느냐."

"웅심이 큰 남자는 필히 여색을 탐한다 하였습니다. 그리고 짐승 같은 바르테안들은 더욱이 여색을 탐한다 하였지요. 바르테온 영주는 그 바르테안 중에서도 바르테안입니다. 여색을 멀리할 리가 없는 족속이니 제 눈빛만 보아도 이성을 상실하여 달려들 것입니다."

"그것을 알기에 더 걱정인 것이다. 네가 불씨를 태우는 방법이 꼭 다른 아이들과 같을 필요는 없다."

"선생님, 저는 이미 뜻을 굳혔습니다. 제가 없으면 단장님의 목숨도, 다른 단원들의 목숨도 하등 의미 없는 개죽음이 됩니다. 이번 임무는 저로 인해서 완성될 것입니다. 그리고 저는 죽지 않을 것입니다. 선생님께서 해 주신 말씀대로 영원히 타는 불꽃이 되어 살아날 것이니 걱정 마시지요."

"너 또한 피육으로 만들어진 사람인데 바르테안이 무슨 짓을 할 줄 알고!"

"하여도 죽이진 않겠지요. 호색한이 저 같은 미인을 어찌 죽이겠습니까?"

리사는 자신만만한 표정으로 눈웃음을 지었다.

그저 그것뿐인데도 겨울 날씨가 봄이 된 듯한 느낌이었다.

지금껏 리사가 포섭한 귀족, 대귀족만 해도 다 헤아리지 못할 정도다.

빈스는 리사를 성녀로 세워 포교를 한다면 아무것도 없는 상태에서 다시 시작해도 일어날 수 있다고 여겼다.

그래서 리사를 이 위험한 임무에 투입하고 싶지 않았다.

"제가 아니면 아무도 바르테온 영주 곁에 당도하지 못할 것입니다. 부디 저의 성전을 축복해 주세요. 이렇게 간청드립니다."

리사가 빈스 앞에 양쪽 무릎을 꿇고 앉아 턱을 들어 그를 올려다봤다.

"오오―. 리사. 나의 별이여."

빈스의 눈동자가 크게 흔들렸다.

"자네는 무엇을 한 것인가? 이 위험한 임무에 리사를 끌어들이다니."

"리사의 말대로 리사가 있어야만 완성되는 계획입니다. 리사의 존재가 저희의 거짓 투항을 저들이 더욱 기꺼워하며 받아들이게 할 것이고, 그런 만큼 바르테안들의 경계를 더 쉽게 풀어지게 것입니다."

"하여도, 리사가 악적의 손에 떨어질지 모르는 상황이 닥칠 수 있는 것을!"

"선생님, 저는 모든 것을 감수할 수 있답니다. 이미 결심을 끝냈습니다."

"오오, 리사―. 너는 부덕한 자들이 어떤 짓을 하는지 제대로 알지 못한단다. 저 악적들이 너에게 무슨 짓을 할 줄 알고―."

빈스는 같은 염려를 반복해서 표출했다.

갤리언은 그런 빈스의 모습을 견디기가 어려웠다.

갤리언은 요즘 지속되는 실패와 타개책이 보이지 않는 상황 속에서 심신이 많이 약해졌을 거라 생각하며 빈스의 행동을 이해하기로 했다.

그래도 역시나 자신의 믿음 그 자체인 사람의 나약한 모습을 계속 지켜보고 있는 것은 힘든 일이었다.

"선생님, 이번은 조급히 하지 않겠습니다. 오래 보겠습니다. 지금까지 제가 해 온 것이 그것이지 않습니까."

갤리언은 별낙원에 있지 않았다. 이르갈이 그랬던 것처럼 일찍부터 벤자르에 있었다.

이르갈이 귀족들 틈에서 그들의 의식을 한쪽으로 몰아갔다면 갤리언은 대중들 속에서 그들의 의식을 몰아갔다.

그것을 위해서 이르갈이 정책적으로 거리 무대를 만들면 갤리언은 그 무대에서 곳곳에 연극을 올린 것이다.

제법 좋은, 아니 완벽한 협업이었다.

그런데 지금은 이르갈이 없다.

먼저 죽었다.

갤리언은 같은 선동가의 역할로서 이르갈이 먼저 낙원행을 한 것에 뭔지 모를 경쟁심 같은 것이 있었다.

"아래에서부터. 치밀하게, 또 은밀하게 진행하겠습니다. 악적 바르테안이 당치 않는 수로 포용 정책을 사용하고 있으니 그것을 그대로 역이용해 주면 될 참입니다."

갤리언은 자신도 기회만 있다면 자신의 소명을 다하고 싶은 의지였다.

"제 위장 투항을 받지 않는다면 자신들의 그릇이 얼마나 작은지 공표하는 꼴이고 받는다면 품속에 독이 퍼지는 것을 받아들이는 꼴입니다. 그러니 걱정 말고 보중하십시오. 선생님은 제가 죽어서도 섬기겠습니다."

갤리언이 스스로의 무릎에 입을 맞추듯 고개를 숙여 보이곤 자리에서 일어났다.

그는 리사와 함께 빈스를 등졌다. 빈스는 갤리언을 잡을 말이 없었다.

✳

"지금 투항하는 것인가?"

"그렇습니다."

"투항이라―. 그렇군."

칼데온이 순순히 고개를 끄덕였다.

갤리언으로서는 전혀 예상하지 못한 반응이었다.

칼데온에게 투항을 한다고 하면 당연히 위장 투항을 의심하여 심문이 있을 거라고 예상했다.

그것을 위해서 여러 가지 대본을 준비하기까지 했다.

"자네 혼자인가?"

"예?"

"투항자들 말이야. 보아하니 한 묶음으로 온 것 같아서 말일세."

갤리언은 또 한번 놀랐다. 그 물불 안 가리는 칼데온이라면 별낙원이라는 말을 들은 즉시 흥분하여 날뛸 거라고 생각했다.

겉으로 평정심을 유지하는 척한다고 해도 그 속은 부글부글 끓어오를 수밖에 없을 거라고 확신하기도 했다.

그런데 직접 마주하니 그런 기색이 전혀 없었다.

방금 전까지만 해도 의심의 눈초리를 보내던 칼데온이 오히려 별낙원의 선생이라는 말에 의심을 거두고 평정 상태로 돌아간 것이다.

"함께 온 극단 무리 중에 저와 같은 별낙원 출신들이 몇 더 있습니다."

"극단은 위장한 신분인가 아니면 진짜 극단을 운영하는가?"

"위장 신분이긴 하나 진짜로 운영하는 극단이기도 합니다."

"그럼 공연도 많이 해 봤겠군."

"그야 그렇습니다."

"알겠네. 그럼 이쯤 하지."

칼데온은 이들의 투항에 대해서 자신이 판단할 바가 아니라고 여겼다.

자신이 지금 상황에서 심문을 하는 것보다 바르테온에 구축된 감시망이 정보 취득 효과가 크다는 것을 잘 알고 있는 것이다.

그리고 이자의 투항이 진짜인지 가짜인지 고민할 것도 없다.

그 또한 바르테온으로 이동하는 선상에서부터 시행되는 감청으로 바르테온에 도착하기도 전에 진실이 밝혀질 테니 말이다.

설령 그렇지 않다고 해도 스스로를 투항자라 밝힌 이상 바르테온에 구축된 경계 체계하에서 이들이 뭔가 허튼 짓을 한다는 것은 불가능했다.

그러니 그에 대해서는 자신이 신경 쓸 바가 아닌 것이다.

그리고 카일에게 받은 명령이 기능공을 모집해 오란 것이었다.

어떤 다른 목적을 위한 위장이 아니라 순수하게 정말 기능공이 필요해서 내려진 명령이었다.

극단도 그런 기능공에 속한다.

더욱이 카일이 영지민들의 즐길 거리에 관심이 많다는 것은 지난 정무들로 진심으로 느꼈다.

그런 의미에서 이 극단은 아주 적절한 기능공들이었다.

설령 아니라 하더라고 그 또한 카일이 판단할 일이다.

지금은 받은 명령을 수행 중이니 그저 시키는 일이나 잘하면 되는 것이다.

"일행의 명단만 꼼꼼히 작성토록 하게."

칼데온은 그것으로 갤리언과의 대담을 끝냈다.

"시론, 너는 가서 배를 좀 더 섭외해야겠다. 밖에 있는 극단 인원수를 헤아려서 수에 맞게 준비하도록 해라."

"예, 어르신."

시론은 방금 선착장을 다녀왔지만 다시 한번 선착장으로 내려가야 했다.

뛰어 다녀올 거리로는 숨이 턱 막히는 거리다.

그래도 즐거운 마음으로 뛸 수 있는 것은 3서클이 되었기 때문이다.

시론이 다시금 꼬리 불붙은 망아지처럼 요새를 뛰쳐나갔고 칼데온은 명단이 작성되는 것을 지켜보며 명단에 자신의 의견을 덧붙였다.

그렇게 만들어진 명단은 통신관들을 통해 건너 건너 친위단 예하 정보단으로 전달될 것이고 그 전달된 내용은 다시 수기로 옮겨져 보고서의 형태로 카일에게 올라갈 것이다.

며칠 거리나 떨어져 있지만 현 상황에서 벌어진 일에 대한 보고가 즉각적으로 이루어지는 셈이다.

그러니 칼데온은 다시금 자신이 자의적으로 해석하여 판단할 문제가 없다고 여겼다.

❈

"수도는 이렇게 놓았습니다. 이러면 되겠습니까?"

"메이, 한번 벨브를 열어 봐."

카일의 지시에 메이는 침을 꼴깍 삼켰다.

"영주님의 방에 설치된 수도관을 제가 제일 먼저 열어 보는 게 가능한 일인지요?"

"저택의 안살림을 책임지는 시녀장으로서 당연히 그렇게 해도 되지."

카일의 말에 메이는 조심스러운 손으로 수도 밸브를 잡았다.

살짝 힘을 줘 보니 부드럽게 돌아간다.

그리고 그 순간 수도꼭지에서 물이 콸콸 쏟아졌다.

4층에 있는 영주 침실의 세면대에서 물이 나오고 있는 것이다.

"정말 물이 나와요. 물이 나오고 있어요."

"저택 계집은 심심한 데가 있구먼. 물탱크에 연결한 수도관을 열었으니 당연히 물이 나오지."

드워프 십장은 가볍게 코를 풀면서 핀잔했다.

"그럼 따뜻한 물은요? 처음에는 따뜻한 물도 나올 수 있게 해 준다고 했는데요."

"크흥. 보채기는. 그거야 공사 중이잖아. 열탕과 연결되는 큰 파이프가 완성이 돼야 작은 파이프를 따오지. 눈 뒀다 뭐 하는 거야, 보면 다 알 만한걸."

"알았어요. 여하튼 온천수 파이프가 연결되면 4층까지 물을 길러 올 필요가 없다는 거죠?"

"또 다 봐 놓고 같은 소리 하네."

"십장은 수고했어. 그만 나가 보도록 해."

카일은 드워프 십장의 핀잔투가 듣기 싫어 그를 물렸다. 그러곤 메이를 보았다.

"봤으니까 알겠지. 이런 수도관을 물이 필요한 모든 곳에 설치하도록 할 거야."

"그러면 부엌에는 무조건 설치가 되어야 할 것 같아요."

"그리고 모든 객실에도 이것과 같은 세면대를 설치하도록 해. 한번 일 시킬 때 전부 시켜야지, 나중에 확장하려거든 뒷손 많이 가."

"객실마다 세면대를 다 설치하라는 말씀이시죠?"

"그래 모든 객실마다. 혹시나 해서 얘기하는 건데 시종들 숙소에도 설치할 수 있는 자리를 만들어서 설치할 수 있도록 해. 아침마다 우물가에 앉아서 세수하는 것도 일이잖아."

"모든 숙소에 전부 이런 세면대를 설치하라는 건가요?"

"그래. 이해했으면서 뭘 또 묻고 있어."

"조, 좋아서요. 정말 감사한 말씀이세요."

카일은 이런 상황을 어디서 똑같이 경험해 본 것 같다는 느낌을 피식 웃어넘겼다.

"온천탕에도 이것과 같은 수도관이 설치되면 더 좋을 거라고 생각해. 적당한 건축관 섭외해서 진행하도록 해."

"페르벤 씨에게 의뢰하면 되는 것 아닌가요?"

사실 그러면 간단하긴 하다. 실력도 좋고 경력도 좋고 장인정신도 있다.

하지만 그는 이미 큰 관영사업을 거의 독점하다시피 하고 있는 상황이다.

페르벤에게 너무 일을 몰아주면 건축업의 생태계 자체가 페르벤 스타일로 굳어질 가능성이 높다.

페르벤이 일을 잘하긴 하지만 그 한 명에게 바르테온의 건축 양식을 전부 일임할 정도로의 혁신과 창의가 있진 않다.

소피아와 다른 맥락이란 뜻이다.

그러니 다른 이들이 자신의 창의를 발산할 기회를 의도적으로라도 열어 놔야 한다.

"페르벤에겐 이미 일감이 차고 넘칠 정도로 갔잖아. 그리고 저택 일 하는 건데, 이 정도 결정권은 있어야 시녀장 위신이 유지되지."

"아훗-. 감사해요. 영주님께서 챙겨 주신 위신, 잔뜩 한번세워 볼게요."

메이는 즐겁게 웃으며 카일의 명을 받았다.

"영주님, 여기요."

밖에 있던 니켈이 쫄래쫄래 종이 뭉치를 가지고 왔다.

정보단에서 올리는 보고서였다.

정보단 또한 친위대이기에 직접 보고를 하려고 하는 경향이 있는데, 꼭 니켈이 중간에서 자른다.

니켈은 추적단은 몰라도 정보단은 그냥 걸고넘어지고싶다고 했고, 카일은 그 무게감 없는 이유에 긍정을 표했다.

"무슨 내용이에요?"

"궁금하냐?"

"봉인장을 세 개나 찍어 둔 건 처음이라서요."

참으로 시건방진 말이었지만, 니켈은 향후 영지의 큰 기둥이 될 재목이다.

그 정무적인 능력을 떠나, 영지에 묶어 두기 위해서라도관직을 내리고 일을 맡겨야 된다.

그때가 돼서 정무를 더 악화시키게 하지 않으려거든 지금부터라도 하나씩 가르치는 게 옳다.

그래서 지금까지 집무실 안에 들어와 있었던 것도 봐준 것이고 말이다.

"특별한 건 아니다. 스승님께서 보낸 기술공 명단들이다."

"그런데 그 특별하지도 않은 것에 왜 봉인장을 세 개나 찍어요?"

"스승님께서 보내신 것이니까."

그것도 이유이지만 그 안의 내용에 별낙원이 언급되어 있기 때문이기도 했다.

갤리언이란 이름의 극단장이 100명가량의 극단원을 대동하여 기술공 모집에 응하였는데, 자신을 별낙원의 선생이라 소개하며 투항 의사를 비쳤다는 내용이었고 그러면서 영지 내에서 교차 검증을 바란다는 언급이 있었다.

카일은 손으로 밀납을 녹여 서류를 다시 봉인하였다.

"이건 친위단으로 보내라. 그 내용대로 이행하라 해."

"알겠습니다."

카일은 가볍게 명령을 내렸다. 현재 정보단의 능력으로 100명 정도의 감찰은 어렵지 않은 일이다.

다른 꿍꿍이가 있다면 걸릴 수밖에 없을 것이다. 혹시 걸리지 않는다고 해도 자신의 눈은 피할 수 없다.

영지에 도착한 지 3일째 되는 날쯤 한번 훑어보면 되는 것이니 중히 생각할 것 없는 문제였다.

카일은 다음 일정을 위해 자리를 이동했다.

바르테온 북문으로 나가면 드워프들의 진지가 있다.

원래는 귀빈 대접으로 영지 내에서 지낼 수 있도록 준비했는데 그들이 이런 야들야들한 집은 싫다고 나간 것이다.

그 진지 내에선 벌써 거대한 대장간이 들어차 있었고 용광로까지 만들어지는 중이다.

쾅! 쾅!

용광로를 만드는 담금질 소리가 천둥이 치는 것 같다.

북쪽 수로를 통해 들어오는 선박들은 하나같이 운항 속도를 줄이며 강가에서부터 그 모습을 구경했다.

세상천지 어디 가서 드워프들이 용광로를 만드는 것을 코앞에서 구경하겠나.

이 또한 신년식을 맞아 바르테온을 찾은 많은 이들에게 특별한 볼거리였다.

❄

카일은 군다를 찾아갔다.

군다는 웃통을 벗어 던진 채 거대한 망치로 담금질을 하고 있었다.

카일은 기척을 내지 않고 그 모습을 지켜봤다.

어찌 만드나 싶었는데 강철판을 덧대고 망치질을 해서 이어 붙이는 것이었다.

그러니까 담금질로 용접을 하는 것이었다.

그 수준만 따지면 용접이 아니라 융합이라고 불러도 될 정도다.

망치가 때린 분위가 붉게 녹아내려 판과 판이 처음부터 한 몸인 듯 완전히 붙어 버린 것이다.

'저 정도면 정말 대형 강철 선박을 만드는 데 지장이 없겠어.'

모형으로 만든 위그선에도 리벳 작업을 한 연결선이 없다 싶었다.

작은 물건이라 통판 한 장을 구부려서 만들었나 싶었는데, 이제 보니 저런 식으로 용접을 한 것이었다.

카일은 내심 강철 선박도 마땅한 용접 방식이 없으면 전통적인 선박을 만드는 것처럼 판과 판을 겹쳐서 볼트와 너트로 고정하고 이음매를 방수 마감하는 식으로 만들어야 하나 생각했더랬다.

아니면 마법으로 용접하는 방식을 새로 개발하거나.

그런데 그런 걱정은 필요 없게 되었다.

"휘이ㅡ. 군다, 손재주 좋은데."

카일은 휘파람을 불며 군다에게 기척을 냈다.

군다는 코를 팽 풀었다.

"두더지처럼 고개만 빼꼼 내밀고 있다가 볼 거 다 보고 나서야 알은척이냐."

"왜 이렇게 핀잔이야. 보면 안 되는 거 본 거야?"

"가까이 오지 마라. 풀 냄새가 아주 역하게 나는 걸 보니 귀쟁이들을 만나고 왔나 보구나."

"풀 냄새?"

카일은 그런 냄새를 느끼지 못했다. 만약 몸에 향이 배었다면 자신이 모를 리가 없다.

군다가 말하는 것은 마나에 깃든 기운을 말하는 것이다.

"원래 드워프하고 엘프하고 기질이 상극인가?"

"말이 안 통하는 것들이라니까."

"그렇다고 해서 기운까지 역할 건 아니니까. 종적인 거부감 같은 게 있나 했어."

"됐다. 그런 거 관심도 없다. 왜 왔냐?"

"왜 왔긴. 상의할 게 생겼으니까 왔지."

"그 석유라는 것, 얻어 온 거냐."

"어쩌다 보니 분위기가 타서 가져오진 않았는데, 모든 것을 명확하게 하고 오긴 했다."

카일은 석유를 직접 확인했고 그것을 분리하여 여러 기름과 가스, 타르로 변환할 수 있는 것까지 증명했다.

그리고 그 석유가 엘프들에겐 반드시 처리해야 하는 골칫덩이인 것도 확인했다.

아무리 엘프들이 인간을 경계하고 멸시한다고 하지만 저들의 입장에선 폐기물을 처리해야 하는 상황이니 자신이 제안한 조건을 마다할 리 없다고 확신했다.

무조건 가져올 수 있다. 그리고 무조건 가져올 것이다.

그때가 되어서 준비하면 늦는다.

지금부터 준비하여 정제 시설을 만들어 놔야 한다.

작은 사업장 정도는 준비가 되어 있어야 오크통 단위라도
정제가 가능하지 않겠나.

"정제 시설을 개발해야 된다. 그게 엔진 개발보다 우선
이다."

"뭐가 이렇게 돌아가는 게 많냐. 양고기 하나 먹으려는데
건초부터 키우라는 꼴이다."

"건초 키울 땅부터 개간하는 건 아니잖아."

"말장난 마라. 일 많아서 마음 급하다. 크흥!"

말은 핀잔인데 얼굴은 웃고 있다.

그 북슬북슬한 수염이 얼굴의 절반을 뒤덮고 있음에도 헤
실거리며 웃고 있는 게 느껴질 정도다.

즐거운 것이다.

대장장이로서, 창작을 해야 하는 드워프로서, 지금처럼 창
작품이 쏟아진다는 것은 본능적인 만족과 연결되어 있는 바
가 있었다.

그리고 그 창작품이 더없이 좋은 결과물로 완성되면 그것
은 비할 바 없는 쾌감이다.

그래서 군다는 카일이 이것저것 말도 안 꺼낸 여러 위그선

모델을 가지고 왔을 때, 내심 즐거운 기분이었다.

마나 엔진이 어떻고 내연 엔진이니, 내연기관이니, 석유니, 석유 정제 시설이니. 사실 번잡했다.

그런데 새로운 것을 만든다는 것. 그리고 그 새로운 것들이 전부 하나로 융합되었을 때 이 세상에 존재하지 않았던 변혁을 끌어오는 창작품이 된다는 확신은, 군다에게 드워프 본연의 희열감을 느끼게 했다.

그래서 일부러 더 핀잔이다.

너무 좋아하는 게 들키기 싫어서 말이다.

"됐고, 일이나 하자. 이거 신년식 전에 해 놔야 그다음에 빠르게 움직일 수 있어."

카일은 준비한 설계도를 내놓았다. 군다는 그것을 힐끗 보더니 옆으로 툭 던져 났다.

눈여겨 살피지 않는 것은 카일의 설계 실력을 믿기 때문이다.

"뭔 또 잡스러운 걸 가지고 왔구나. 이런 거는 십장들 시켜도 금방이다."

"그리고 파이프관 말이야. 그거 좀 더 만들 수 있나?"

"50명 가지고 부족하냐?"

"송유관이라고. 기름을 옮기는 관의 개념으로 말이야. 사람 일 모르는 건데 미리 준비해 놓고 싶어서."

"기름을 옮기는 관? 파하하하. 간교한 인간이 간교한 수를

쓰다가 머리가 깨진다지. 말하는 걸 들어 보니 귀쟁이 땅에
설치해서 기름을 공으로 빨아 올 셈인가 본데, 택도 없다."

"왜 그렇게 단정해? 아주 긍정적이었어. 그 어떤 상황이었
냐면⋯⋯."

"팽–! 들을 것도 없다. 귀쟁이들 봤으면 알 거 아니냐. 그
것들 쇠 냄새를 싫어해. 아주 코가 뜬다고 염병을 하지. 그런
데 거기에 강철 파이프를 설치하자고?"

"그런 거냐? 그건 몰랐네."

진짜 몰랐던 거다.

"너 같은 걸 보고 제 꾀에 제가 넘어간다고 하는 거– 우
읍. 거 염병 거."

군다가 갑자기 코를 잡고 뒤로 물러났다.

"뭐야? 놀리는 것도 적당히 해야지. 그런 식으로 놀리면
기분 언짢아져."

"귀쟁이들 왔다."

"무슨 소리야?"

주변의 다른 드워프들은 다 가만히 있는데 군다 혼자 난
리다.

자신을 놀리는 것 같은데, 기운을 보자니 정말 마나를 일
으켜서 몸을 보호하고 있었다.

"진짜 뭐가 오긴 온 거야?"

"귀쟁이들이 왔다니까."

군다가 하늘을 가리켰다. 카일의 시선 거의 뭉툭한 손가락을 끝을 따라갔다.

한 무리의 새들이 날아오는 중이었다.

하나같이 바르테온에서는 볼 수 없는 종들이었다.

그 새무리가 카일을 휘감으며 듣기 좋은 음으로 노래했다.

군다의 말대로 엘프들이 부르는 것이었다.

"이런 식으로 소통을 하는구나. 잠시 다녀오마."

"냄새 묻히고 오지 마라. 나랑 아주 상극이다."

"다른 드워프들은 다 가만히 있는데 혼자 난리네. 여하튼 갔다 와서 마저 이야기하자."

카일은 가볍게 몸을 날려 새들이 인도하는 방향으로 향했다.

어디까지 날아가나 했더니 루바아우라지 인근의 프론숲까지였다.

"신기한 능력들이로군."

카일은 새들의 인도가 다 끝나지 않았음에도 엘프들이 어디 있는지 알 수 있었다.

프론숲 어귀의 한 부분에 유독 나무가 무성하게 자란 곳이 있었기 때문이다.

겨울 날씨인지라 잎이 다 떨어진 숲에 한 곳만 잎이 무성한 나무들이 모여 있으니, 누가 봐도 수상하다 느낄 것이다.

"티라디움의 최고 사제 울드라고 합니다."

카일은 그 수상쩍은 숲의 한 곳에서 자신을 찾아온 엘프를 마주했다.

❈

오랜 시간 죽음의 물과 싸워 온 티라디움에서는 그것을 해결하기 위한 방안을 두고 급진파와 온건파로 나뉘어져 있는 실정이다.

급진파의 주장은 티라디움이 완전히 오염되기 전에, 그러니까 지금 여력이 있을 때 다른 터전을 찾아야 한다는 것이 주류였다.

200년 전 산중으로 터전을 옮기려 했던 움직임도 그 급진파들의 주장이 관철된 것이었다.

물론 그 이주 계획이 큰 손실을 입은 채 실패로 끝난 탓에 지금의 급진파는 거의 목소리를 내지 못하고 있는 중이고 현재의 주장도 터전 이주보다는 온건한 유도 분출 계획에 중점을 두고 있다.

유도 분출 계획은 계속해서 봉인을 해 봐야 다른 곳이 터져 나오니 그럴 바에 아예 한곳을 정해서 길을 터놓자는 주장이다.

이주보다는 온건한 주장이지만 약화된 급진파의 영향력으론 이마저도 관철시킬 수 없었다.

반대로 온건파의 기본 기조는 지속적인 정화였다.

지난 200년 전 이주 전쟁이 실패로 끝난 이후 득세한 온건파는 지금까지 정화를 주장했고 실제로도 실천하여 어느 정도의 성과를 보기도 했다.

하지만 문제는 매장되어 있는 죽음의 물 양이 너무도 많다는 것이었다.

그래서 최근에는 노선을 봉인으로 돌렸지만 이미 수십 년간의 정화 작업으로 진력을 많이 소모한 탓에 봉인도 힘에 겨운 상황이었다.

그렇게 지금까지 또 수십 년을 버텨 온 것이라 온건파 내에서도 더 이상 한계가 아니냐는 말이 슬슬 대두되고 있는 중이었다.

그런 타이밍에 카일이 찾아온 것이었다.

"방법의 가능성을 보았는데 선택을 하지 않는다는 것은 문제를 해결할 의지가 없다고밖에 해석되지 않습니다."

"말을 삼가시오! 문제를 해결할 의지가 없다니!"

"그 인간이 죽음의 물을 완벽히 정화한 것을 본 이가 한둘이 아닙니다. 정화 작업을 대신 하겠다고 하는데 마다할 이유가 없습니다."

"그자는 인간입니다! 지금까지 인간이 어떤 식으로 세력을 넓혀 온지 모릅니까? 처음에는 먹을 것이 없다, 겨울을 나야 하니 꼭 필요한 만큼만 가져가겠다고 하며 숲 어귀에 발을 들이는 것이었습니다. 하지만 어느새 나무를 전부 뽑아 버리고 자신들의 영토로 삼았습니다. 인간은 잠시 한눈팔면 마구잡이로 번지는 곰팡이 같은 것들입니다. 아예 발을 들이지 않게 해야 합니다."

"곰팡이도 곰팡이 나름입니다. 좋은 곰팡이도 있음을 알지 않습니까. 그리고 지금은 사안이 사안입니다. 잘 가려서 쓰는 것이 중요하지 무조건 배척할 상황이 못 됩니다."

"인간을 들이면 죽음의 물에 티라디움이 오염되기 전에 인간의 기운에 티라디움이 쇠락할 겁니다! 신관이라는 자가 그것을 모른단 말입니까!"

제정분리 사회인 엘프의 최고 정무회의인 제정회의가 시끄럽다.

대부분 온건파가 되어 버린 정무관들과 급진파가 득세하고 있는 신관의 목소리가 치열하게 대립했다.

지금까진 급진파 신관들이 목소리 내기를 조금 조심하는 분위기였지만, 이번 일로 인해 대놓고 큰소리를 내는 중이었다.

"그것을 그렇게 단정 짓고 눈을 감고 있을 정도로 우리가 여유롭지 못합니다! 최소한 직접 살펴서 확인해야 할 가치가 있지 않습니까!"

"인간과 소통하는 순간 기운이 혼탁해진다는 걸 모릅니까? 그렇게 자신 있으면 직접 가서 경험하고 오십시오!"

"좋습니다. 그렇게 하지요. 하지만 그렇다고 하면 그 결과를 순순히 인정할 수 있겠습니까? 합동 조사단을 꾸리지요. 이게 수순입니다."

신관들과 정무관들의 열띤 토론의 끝은 집정관과 제사장의 결정을 촉구하는 것이었다.

"집정관님, 직접 경험하신 것을 외면하면 안 될 것입니다."

제사장 오올이 한마디 의견을 덧붙였다. 제사장은 처음부터 인원을 파견하자는 주장이었다.

"상황이 이러하니 합동 조사단을 파견토록 하겠다."

결국 이실딘은 합동 조사단 파견을 결정했다.

그도 내심 선택지가 없다는 것은 인정하고 있었기 때문이다.

지금 상황에 주안점은 인간들을 어떻게 활용할 것인지와, 그 활용으로 말마암아 지속적인 세력의 우위를 가지는 것이었다.

그것이 집정관 이실딘의 정무적인 판단이었다.

그렇게 제정회의가 끝났다.

이제 조사단을 구성해야 한다.

조사단은 온건파와 급진파에서 각각 신관과 정무관을 한 명씩 발탁하여 총 넷으로 구성하기로 했다.

정무관 쪽은 집정관의 몫이었고 신관 쪽은 오올의 몫이다.

오올은 조사단을 발탁하기 전에 에이디아에게 기도를 올

렸다.

예전에는 선명하게 들렸던 에이디아의 목소리가 지금은 혼탁하여 잘 들리지 않는다.

오울은 그것이 죽음의 물 때문이라고 여겼다.

'급진파든 온건파든, 인간을 멸시하고 혐오하는 것은 공통적이다. 이번 문제의 핵심은 인간과의 협조이자 협력. 이것을 실행할 적임자가 누가 있는가.'

에이디아의 목소리를 제대로 들을 수 없기에, 오울의 기도는 오랜 시간 계속되었다.

한참의 기도가 끝난 후, 오울은 두 명의 조사단을 발탁했다.

그리고 조사단이 출발하기 전, 그중 한 명인 울드를 따로 불렀다.

화내지 않는 울드.

바윗덩이 울드.

최고신관 울드는 그런 유의 지칭어가 많았다.

그런 지칭어가 신관으로서는 좋다고 할 만한 것이었지만 그럼에도 울드는 최고신관임에도 자신의 세력이 없었다.

중립파였기 때문이다.

급진파와 온건파로 나뉘어 있는 현 티라디움 사회에서 자신의 진형을 뚜렷하게 표출하지 않는 울드는 스스로 고립을 선택한 것이나 마찬가지였다.

"울드, 자네의 책임이 막중하네."

"에이디아의 목소리를 실천하겠습니다."

"에이디아의 목소리가 들리지 않은 지가 얼마가 되었는데 그 소리를 하는가."

"말씀 거두어 주십시오. 다른 신관이 들을까 두렵습니다."

"후우ㅡ. 됐네. 됐어. 자네하고 입씨름하고 싶은 생각 없네."

오올은 고개를 저었고 울드는 가볍게 고개를 숙였다.

"자네더러 인간의 편을 들라고는 하지 않겠네. 나 또한 이 위기를 인간의 손만으로 벗어나고 싶진 않아. 하지만 분명한 기회인 것을 괜한 아집으로 던져 버리는 것도 바보 같은 일이라 생각하네."

"맞는 말씀입니다."

"그러니 자네가 사심 없는 중립적인 눈으로 보아 판단해 줬으면 해. 그것이 내가 자네를 조사단으로 발탁한 이유네."

"예. 그들이 만든 사회에 대한 자연의 목소리를 있는 그대로 듣겠습니다. 그리고 들은 그대로 판단하겠습니다."

울드는 별다른 동요없이 답했다.

울드는 본래 그런 자였다.

"그럼 에이디아의 가호가 있기를 빌겠네."

오올은 긴 당부의 말은 하지 않았다. 해 봐야 들을 이도 아님을 알기 때문이다.

대신 울드를 위해서 기도와 축복을 내려 줬다.

그것은 제사장으로서 신관에게 해 줄 수 있는 당연한 일이었다.

울드는 그렇게 조사단의 1인으로 바르테온으로 향했다.

"프론숲은 여기서 끝납니다. 이 자리에서 조사를 진행하겠습니다."

"인간들이 자연에 어떤 해악을 끼치는지 두 눈으로 확인할 일입니다."

"그 별의 사자라는 인간의 말을 곱씹어 보면 자신이 정화를 하겠다는게 아니라 인류에게 그 역할을 넘기겠다고 했습니다. 자신은 중간다리 역할만 한다 했고요. 이것을 잘 해석해야 합니다."

"급진파에서는 그 인간의 말대로 하자는 방향 아니었습니까?"

"인간과의 교류는 진영 논리와 동떨어진 것입니다. 우선 조사를 진행하죠."

조사단은 모두 자연의 목소리로 부림종을 불러들였다.

그들 곁으로 온갖 작은 새들이 몰려들었다.

새들은 엘프들과 정신이 연결되어 그들의 눈과 귀가 되어 줬다.

새무리가 루바아우라지를 건너 바르테온령으로 진입했다.

높은 하늘에서 바르테온령을 내려 보았다.

"보십시오. 바르테온도 별다를 것 없는 인간들입니다."

"저렇게나 대규모로 숲을 망치고 땅을 파헤치다니! 욕망에 들어찬 인간들이 벌이는 짓입니다!"

바르테온 북쪽으로 넓게 조성되어 있는 숲이 밀려 나가고 있었다.

인간들의 개간이다.

"인간들은 항상 필요한 것보다 많은 것을 탐합니다. 저만한 숲을 인간의 땅으로 만들면서 얼마나 많은 동식물이 터전을 잃었겠습니까."

다른 조사단원들은 순수한 분노로 화를 냈다.

그 어투에 멸시가 크게 녹아 있다.

하지만 울드만큼은 그들에게 동조하지 않았다.

"울드 최고신관. 당신은 아무 의견이 없습니까? 바르테온의 인간들도 결국 저런 큰 땅을 파헤치는 욕심 많은 자들입니다."

"인간들이 개간을 하는 것은 그들의 식량을 구하기 위해서입니다. 저들도 자연의 일부이니 그들만의 식량 수급 방법을 존중해야 합니다."

"인간들은 만족할 줄 모릅니다. 그리고 나눌 줄도 모르지요. 힘 있는 자는 먹고 남아서 버릴 정도로 음식을 차려 먹으면서도 굶어 죽는 자와 나누지 않습니다."

"애당초 자연의 산물을 개인의 소유물로 독점하려는 것 자체가 질서에 어긋나는 족속이란 증거지요. 저런 자들에게 우리의 정화 작업을 어찌 맡긴단 말입니까."

"어울리는 것을 어울리는 자들에게 맡기자는 의견도 일리는 있지만, 죽음의 물을 정화하는 것은 에이디아가 주신 시련이기도 합니다. 이것을 저들에게 넘기는 것이 온당한가 싶기도 합니다."

"우리가 익히 알고 있는 인간들이라면 그렇겠지요. 하지만 이곳은 조금 다른 부분이 있군요."

"무엇이 다르단 말입니까? 제가 본 곳 중에 가장 욕심 많은 곳입니다. 얼마나 큰 숲을 망친 것인지 가늠도 안 되는군요!"

"하지만 자세히 보십시오. 저 아래의 개간지에 밀이나 과실수가 심어져 있는 것이 아닙니다. 전부 목화나무입니다. 식량을 위해서 땅을 개간한 게 아니란 말입니다."

"그렇다고 뭐가 달라집니까? 숲을 망친 것은 똑같습니다."

"인간들은 맨몸으로 겨울을 날 수 없습니다. 얼어 죽지요. 저들에게 목화는 생존과 연관이 있습니다."

"그렇다 하더라도 저렇게 많은 땅을 목화밭으로 만들 이유가 됩니까? 분명 일부 권력자들의 사치를 위해서 저리한 것일 겁니다."

"인간들이 하는 짓이 뻔합니다. 음식을 남겨 버리는 자와

굶어 죽는 자가 함께 있는 것처럼 따뜻한 겨울을 나는 자와
얼어 죽는 자가 같이 있을 겁니다. 저렇게 목화를 많이 재배
해도 말입니다."

다른 셋은 한마음으로 같은 주장을 했다.

울드는 이들이 조사단으로서 조사의 목적을 잘못 알고 있
는 건가 싶을 지경이었다.

인간들을 배척하기 위한 명분을 찾는 조사가 아닌데 말
이다.

"확인되지 않은 추측들입니다. 조사단이 파견된 이유는
직접 보고 들은 것으로 판단하기 위해서입니다."

"울드 최고신관, 직접 들으면 뭐가 달라질 것 같습니까?"

"그것은 직접 본 후에 논하면 됩니다."

울드는 마나를 일으켜 다른 모두의 부림종에까지 의식을
뻗쳤다.

다른 조사단원들은 울드의 부림종 의식 침범을 방어하지
못했다.

모두의 부림종이 지상 가까이 내려갔다.

울드는 그중 기사들의 목소리에 집중했다.

"이거 막상 하긴 했지만 해 놓고 보니 어마 무시하구먼.
끝이 안 보이는 목화밭이라니."

"그러게 말이야. 나는 올해보다 내년이 더 걱정이야."

"목화 솜 딸 걱정? 그거야 지금 영지에 사람들 많이 몰리

고 있잖아. 영주님께서 이주민들 대우를 좋게 해 주신 덕
이지."

"그것 말고. 이렇게 많은 목화로 옷을 만들면 옷값이 떨
어지지 않냔 말이야. 옷이 너무 많아서 팔리지 않게 되면 일
한 값도 안 나올 텐데. 밭을 한번에 너무 크게 하시는 게 아
닌가 싶어."

"파하하하하. 너는 상행 안 나가 봤지?"

"그게 왜."

"목화가 부족하면 모를까 남지는 않을 거다."

"그 정도나?"

"지금 우리 영지뿐 아니라 로살롯, 숄에서까지 목화를 전
부 땅겨서 만든 옷이 겨우 벤자르 한 곳에 유통되고 있어. 숄
끄트머리에 있는 로펨까진 아직 제대로 들어가지도 않은 것
같더라."

"지금도 엄청 찍어 내고 있지 않아?"

"그러니까 하는 말이지. 그런데 영주님께서 애당초 계획
하신 상거래 지역은 숄이 아니었잖아."

"글레인하고 콘스칸이었지 아마?"

"그래. 상행단이 딱 거래를 트고 있을 때에 전쟁이 일어났
잖아. 납품 따 논 거 제대로 이행을 못 하고 있는 실정이야."

"그럼 지금도 물량이 밀려 있다는 거네?"

"밀려 있는 정도가 아니라 개시도 못 했다니까."

"하기야…… 영주님께서 내가 생각하는 걸 생각 못 하셨을 리가 없는데."

"북부가 끝나면 남부도 개간해야 될 거다. 그래야 루카시스의 모든 사람들에게 누비옷을 공급하지."

조사단원들 모두가 기사들의 대화를 똑똑히 들었다.

"이 큰 개간지의 목적이 모든 사람들에게 누비옷을 공급하기 위해서라고 합니다."

"그게 이런 무자비한 개간을 정당하게 하는 것은 아닙니다."

"하지만 소수의 사치를 위한 것이 아님은 증명하는 것입니다."

"대체 최고신관께선 왜이렇게 인간 편을 드는 겁니까? 중립파이시면서 말입니다."

"인간의 편을 드는 게 아니라 들은 것 그대로 말하는 것입니다. 그리고 눈에 보이는 부분도 크게 다르지 않은 것 같습니다."

울드는 부림종이 보는 시야를 끌어 왔다.

부림종들의 시야에 담긴 수많은 일꾼의 행색은 구멍 뚫은 보자기를 뒤집어쓰고 다닌다고 들은 것과는 전혀 달랐다.

누비장갑에 두툼한 솜옷까지 입고 있었다. 신발도 발등과 발목 부위에 솜이 들어간 솜 부츠였다.

"인간들은 일꾼 계급을 천시한다고들 합니다. 그런데 이 바르테온의 일꾼들이 입고 있는 옷이 저 지배계급이 입고 있는 옷보다 기능이 떨어진다고 보기 어렵습니다."

물론 그 맵시와 화려함은 떨어졌지만, 솜을 덜 썼다거나 느슨하게 짠 면을 써서 만든 옷은 아니었다.

"저도 저들의 개간 규모가 과연 온당한가에 대한 의문은 있지만 최소한 일부 지배자들의 사치를 위한 개간은 아님은 확인하였습니다. 추가적인 조사를 계속 진행하겠습니다."

울드가 부림종들을 바르테온성 인근으로 진입시켰다.

성 밖으로도 너른 땅의 농토가 조성되어 있었다.

"이만한 농토가 있으면서도 또 그렇게 개간을 하다니."

"저 성안에 몰려 있는 인간들의 수를 생각하면 이만한 농토가 딱히 욕심처럼 느껴지진 않는 것 같습니다."

"최고신관, 사사건건 그리 인간들 편에 서서 주장할 겁니까?"

"저는 단지 객관적으로 판단하려 하는 것입니다."

"그렇다면 저들이 자연을 저토록 자신들 손아귀에 둔 듯 통제하려는 것은 어떻게 생각합니까?"

한 조사단원이 네모반듯하게 구획지어져 있는 농토를 가리키며 물었다.

숲이 주는 것만을 취하는 엘프들의 눈에는 인간들이 하는 모든 농사 행위가 자연을 통제하는 것이었다.

농사일을 하며 잡초를 뽑아내는 것이라든가, 가지치기를

하는 것 등등의 모든 것들이 말이다.

"인간들의 기준에서 더욱 효율적인 재배를 하기 위해서 한 것 같습니다. 그것을 부정하진 않습니다. 그보다 저건 못 보던 것이군요."

울드가 부림종을 다시 지상으로 가까이 내렸다.

농토 한가운데에 거대한 짚무덤이 보였던 탓이다.

그 크기가 웬만한 언덕 정도였는데, 그것이 한두 개가 아니었다.

너른 농경지 군데군데 그런 짚무덤이 있었다.

조사단으로서 당연히 조사를 해 봐야 했다.

"이건 짚을 쌓아 둔 게 아니군요."

그 짚무덤을 가까이서 보니 덮개만 짚을 올려 둔 것이었고 그 내용물은 전혀 다른 것이었다.

"내용물이 무엇인지 목소리를 들어 봐야겠습니다."

울드는 부림종의 의식을 점거하고 있는 목소리를 짚무덤 안으로 퍼트렸다.

그 안에 있는 수많은 곤충이 울드의 목소리에 응답했다.

울드는 두엄 속을 마음껏 누비고 다니는 쇠똥구리의 의식과 연결 지었다.

"직접들 넘어와서 보시지요."

그러곤 다른 조사단의 의식까지 끌어와 두엄 속 생물들에게 연결 지었다.

최고신관이란 능력에 걸맞는 강제력이었다.

"오물산입니다. 인간들이 오물산을 쌓아 놨습니다. 미개한 인간들의 사고방식이란! 이런 걸 왜 수십 개씩 만들어 둔단 말입니까!"

"보아하니 오물뿐 아니라 음식물 찌꺼기와 낙엽 같은 것들도 있군요. 숯과 재도 섞여 있고요."

"그렇다면 온갖 쓰레기를 모아서 이렇게 방치하는 것이군요."

"이것이 사치의 산물이 아니고 뭐겠습니까. 필요한 양만큼 먹었다면 이런 오물 탑을 쌓을 일도 없습니다."

"여러분은 진정 그리 생각하십니까?"

"울드 최고신관께선 또 무슨 말로 인간들 편을 들려고 하시는 겁니까?"

"이 안에 순환이 있음을 진정 보지 못하는 것입니까?"

"순환이라니요?"

"그 말 정정하십시오. 방금 언질은 인간들이 자연의 순환을 실천한다는 뜻으로 해석될 수 있습니다."

"제가 볼 때는 자연의 순환이 맞는 듯합니다. 서로 제각기 양분으로 돌아갈 것들을 한데 모아 그 활동을 더 왕성히 만들고 있군요."

"울드 최고신관, 대체 꿍꿍이가 뭡니까? 왜 이렇게까지 인간들 입장에서 대변하는 거냔 말입니다."

"입장을 대변하는 것이 아니라, 있는 그대로 보고 판단하는 것입니다."

"거참!"

조사단원 하나가 부림 목소리를 끊어 냈다. 다른 둘도 그와 같이 부림 목소리를 끊었다.

그들의 조사가 그렇게 중지되었다.

"올드 최고 신관, 우린 엘프입니다."

"저는 그것을 부정하지 않았습니다."

"인간들에게 고개 숙일 이유가 없단 말입니다."

"고개 숙인다고 하지도 않았습니다."

"거 말이 안 통합니다! 진정 말이 안 통해요!"

"바윗덩이란 이명이 틀리지 않습니다!"

"제사장님께서 대체 왜 당신을 조사단으로 임명하셨는지 이해가 되지 않습니다. 인간 편을 들라고 임명하신 것입니까?"

"그저 직접 본 대로 판단할 뿐입니다."

"그래서 어쩌자는 겁니까? 우리가 먼저 가서 고개라도 숙이자는 겁니까? 길이 없으니 길을 내어 달라 빌자고요?"

"아무도 빌자고 하지 않았습니다. 별의 사자도 빌라는 표현을 쓰지 않았습니다. 그저 찾아오라 하였을 뿐입니다."

"그 말이 그 뜻이지요!"

"엘프의 존엄성은 어디에 두시려고 그런 말씀을 하시는지……."

"이욘 신관, 가만히 있지 말고 좀 말려 보세요. 같은 신관
이지 않습니까."

"제 말이라고 해서 통하는 게 아닌지라……."

"그만합시다. 말이 통해야 무슨 대화를 하지. 조사는 이쯤
하면 충분한 듯하니 이만 돌아가도록 하시죠."

"아무래도 그게 좋겠습니다."

다른 조사단원들은 조사 종결을 결정했다. 왠지 자신들이
생각한 조사와 방향이 틀어지는 기분이 들었던 탓이다.

하지만 울드는 움직일 기미가 없었다.

"보세요, 울드 최고신관. 이만하면 충분히 조사하지 않았
습니까?"

"아직 성내를 둘러보지 않았습니다."

"답답합니다!"

"기어코 인간들의 영토 안까지 들어가 보겠다는 것입니
까? 몸에 부덕함이 배일 것입니다."

"어차피 부림종이 들어가는 것이니 그럴 일은 없을 것입
니다."

"정말 말이 안 통하는 분이군요. 이렇게까지 말이 안 통하
는 분인지 몰랐습니다."

"됐습니다. 우리는 그만 돌아갑시다. 조사단의 조사는 이
것으로 공식 종결된 것입니다."

"울드 최고신관. 앞으로 당신의 모든 행동은 모두 독단적

인 행동입니다."

"예. 알겠습니다."

"하-. 거참."

그들은 귀를 파르르 떨고는 휙 등을 돌렸다.

같은 신관인 이욘은 아쉬운 듯 시선을 보냈지만 그렇다고 말 한마디 더 건네거나 그런 것은 없었다.

그렇게 혼자 남은 울드는 다시 한번 부림종을 부렸다.

새들을 불러 바르테온까지 들어가게 한 후 그곳에서 의식을 옮길 부림종을 찾았다.

인간 사회에서 제일 흔하고 찾기 쉬운 부림종은 아무래도 쥐다.

그런데 웬일인지 쥐가 눈에 들어오지 않았다.

쥐보다 고양이가 훨씬 쉽게 눈에 띄었다.

그것도 아주 많은 수였다.

문이 열려 있는 가게 어귀마다 고양이 한 마리씩은 떡하니 자리를 잡고 있었으니 의도적이라고 봐야 했다.

특히 고양이가 앉을 수 있는 자리와 그 옆에 밥그릇, 물그릇이 있는 걸 보면 확실했다.

'이 정도면 지도자가 의도적으로 고양이를 키우도록 장려한다고 봐야 한다. 쥐를 잡기 위해서인가?'

울드는 우선 고양이를 부림종으로 의식을 연결하곤 바르테온 거리를 누볐다.

굵직한 도로뿐 아니라 좁은 뒷골목까지 훑어본 후 올드가 느낀 것은 지금까지 자신이 들어온 인간 사회와는 너무도 다르다는 것이었다.

가장 크게 느낀 것은 청결함이었다.

거리에 오물과 음식물 쓰레기가 없었다.

이 어려운 것을 어떻게 가능하게 했을까.

올드는 어렵지 않게 쓰레기와 오물을 수거하는 이들을 찾을 수 있었다.

그들은 집집마다 있는 오물통을 수거하는 것 외에도 길을 더럽히는 짐승 오물과 음식물 쓰레기 같은 것을 수거했다.

'저렇게 수거한 오물과 음식물 쓰레기가 밭에 있는 순환의 언덕으로 가는구나.'

흥미로운 구조였다.

그럴 수밖에 없는 게, 그 어느 사회에서도 이런 구조가 구성되었다는 것을 들은 적이 없기 때문이다.

올드는 뭔가 흥겨운 기분이 되어 더욱 의식을 넓혔다.

'비록 겨울이라 메마르긴 했지만 집집마다 화분을 두지 않는 곳이 없다. 거리에도 이렇게 많은 화단이라니. 이곳의 지도자는 그만큼 꽃과 나무를 좋아하는 것인가?'

그러기에는 한 가지 꽃만 굉장히 많은 비율로 심어져 있었다.

올드는 뭔지 몰라도 그것에도 분명 의도가 있을 것 같은 느낌이었다.

'이것은 온천수인가? 그런데 갈래를 나누어 놓았구나. 이 정도면 확실히 더러움의 개념을 알고 그것을 분리할 줄 아는 지도자다.'

올드는 의도적으로 줄기를 나눠 놓은 온천수를 확인했다.

하나는 본래대로 흐르는 줄기였고 다른 하나는 몸을 씻은 물이 흐르는 줄기였다.

그 물줄기의 하류에서는 사람들이 옷가지를 빨았다.

넓지 않은 강줄기의 마지막엔 성성한 그물이 몇 중으로 설치되어 있어 쓰레기를 걸러 낼 수 있게 했다.

'강물을 깨끗이 쓴다는 개념을 아는 이다. 인간 중에 이런 사회를 만들고 있는 집단은 익히 들어 본 적이 없다.'

바윗덩이 같은 올드의 마음이 잘게 뛰었다.

'지도자의 거처로 가 보자.'

고양이에게 연결되어 있던 올드의 의식이 말로 옮겨졌다.

말처럼 인간의 지도자 계층과 가까운 짐승은 또 없다.

"그러니까 다 쓴 물이 빠져나가는 수도관을 따로 만들어야 한다는 거야?"

"그렇다니까."

"굳이 더러운 물을 따로 모으는 수도관은 왜 필요하다는 거야? 그냥 버리면 되는걸."

"낸들 알아? 인간 드라칸님이 반드시 그렇게 만들어야

한다고 하더라고."

"패행! 이거 괜히 우리 골탕 먹이는 거 아니야?"

"그럴 리가. 그런 사람이 아닌 건 알잖아."

"그거야 그런데. 왜 힘들여서 더러운 물을 옮기는 수도관을 놓느냐 말이지. 이거 여기에 하나 놓고 끝날 게 아니잖아. 들어 보니까 도시 전체에 수도관을 놓는다던데."

"그렇지."

"그러면 결과적으로 일을 두 번 하는 거 아닌가?"

"그건 아니라고 하더라고. 상수도관 하수도관이라고 해서 용도가 다르니까."

"인간 드라칸님이 그래?"

"아니, 일 주는 저택 계집이."

"하이고, 골치야."

"골치 아플 게 뭐 있어. 그냥 시키면 시키는 대로 하면 되지. 우리가 받은 일이 그건데."

울드는 들리는 목소리에 귀를 쫑긋했다.

드워프들의 것이었다.

'드워프? 저 고약한 산인들이 어찌하여 이곳에 있는 거지?'

그와 같은 고민을 하던 울드는 오래지 않아 저들도 자신들과 비슷한 처지가 아닌가 하는 생각을 했다.

그러지 않고서야 산 위에 산다는 자존심으로 똘똘 뭉친 고약한 난쟁이들이 산 아래까지 내려왔을 리가 없을뿐더러, 인간의 일을 봐주고 있을 리는 더욱더 없을 테니 말이다.

'그건 그렇고 상수도와 하수도의 개념이라니. 분명 이 하수도로 더러운 물을 모아 나름의 정화를 하려는 계획일 것이다.'

선뜻 그리 추측할 수 있는 것은 사용한 온천수를 줄기를 어떻게 관리하는지 미리 보았기 때문이다.

'이 모든 것을 종합해 봤을 때, 이 바르테온의 지도자는 분명 순환과 정화에 대한 개념이 있고 그것을 관철시킬 의지가 투철한 인물이다. 이 세상에 이와 같은 인간 사회는 없을 것이다.'

울드는 그렇게 간접 조사에 대한 결론을 내렸다.

간접 조사에서 아무런 결격의 사유가 없으니 이제 직접 조사를 해야 할 차례다.

직접 조사는 대면 조사가 기본이다.

울드는 별의 사자, 바르테온의 영주에게 부림종을 보냈다.

❖

"티라디움의 최고 사제 울드라고 합니다."

"반갑소. 바르테온의 영주 카일 바르테온이오."

카일은 일부러 반공대로 말을 올려 주었다.

오늘은 별의 사자가 아닌 바르테온의 영주로서 타 영지의 사절단을 맞이하는 것이기 때문이다.

"내심 찾아오지 않을 줄 알았소. 이렇게 빠르게 내방해 준 것을 열렬히 환영하오."

"환대에 감사드립니다. 조사차 방문하였습니다."

"조사?"

"예. 티라디움에서는 인간 사회의 한 축인 바르테온에 대한 교류가 적절한지 사전 조사를 결정하였습니다."

"하하. 그렇소? 알겠소. 하면 어떤 협조를 해 주면 되겠소?"

"이미 사회 전반에 걸친 바탕 조사는 끝냈습니다. 지금은 직접 조사의 시간입니다."

"무엇이든 상관없소. 협조해 주겠소."

울드가 뒤에서 대기하고 있던 자신의 부속사제들에게 신호했다.

그들이 석유가 가득 든 오크통 네 개를 앞으로 내놓았다.

"그때 당신께서 보여 주신 정화는 저 또한 직접 목도하였습니다. 하지만, 그날 분명 중개의 역할만으로 충분하다고 하셨습니다. 인류가 죽음의 물을 풀어낼 것이라 하였습니다. 그 순환의 과정을 보아야겠습니다."

"그에 대한 과정은 아직 완벽하지 않소. 그대가 생각보다 일찍 와서 말이오. 그래도 부단히 준비는 하고 있는데, 그 과정이라도 보겠소?"

카일이 바르테온 방향을 가리켰다.

울드는 반사적으로 고개를 저었다. 바르테온 영도 안에 드워프가 있는 것을 보았던 탓이다.

하지만 입으로는 아직 거절의 말을 하지 않았다.

"영도에 드워프가 있던데, 그것과 이것이 관련이 있습니까?"

"그렇소."

"그렇다면 미리 이와 같은 상황을 예지하고 드워프들을 사전에 준비한 것입니까?"

"그것은 아니오. 그저 하다 보니 모든 것이 맞물려 돌아간 것뿐이오."

울드는 모든 것이 맞물려 돌아간다는 말에 다시금 생각이 깊어졌다.

그 말 자체가 대자연의 순환을 있는 그대로 표현한 말이기 때문이다.

"엘프와 드워프 간의 사이가 우호적이지 않다는 것은 알고 있소. 하지만 내 영토는 숲도 아니고 산도 아니오. 인간의 대지이니, 숲의 주인과 산의 주인이 서로 싸울 일은 없을 것이오."

"당신이 중재를 해 주겠다는 말입니까?"

"그럴 것이오. 실제로 그럴 힘도 가지고 있소."

카일은 구태여 자신의 마나를 풀어내지 않았다. 그러지 않아도 울드가 자신의 내력을 충분히 인지하고 있음을 아는 탓이다.

"그리고 이 석유통도 옮겨야 하고 말이오. 간단한 구조의 순환이라면 당장 만들어 보여 줄 수 있소."

울드가 이번엔 부속사제들을 보았다. 그들의 얼굴은 하나같이 꺼려 하는 표정이었다.

카일이 그 분위기를 잡아내지 못할 리 없다.

"조사 목적으로 왔으면 마지막까지 조사를 해 봐야 하지 않겠소? 영 부담스럽다면 여기서 기다리고 있어도 상관없소."

"아닙니다. 입성하도록 하겠습니다. 너희들은 여기서 대기하라. 나는 직접 조사를 실시하고 오겠다."

울드가 부속사제들에게 말했다. 부속사제들 중 그럼에도 따르겠다고 하는 이는 아무도 없었다.

"함께 갑시다."

카일이 길을 내었고 울드는 그런 카일을 놓치지 않고 쫓았다.

메뚜기처럼 폴짝폴짝 뛰어나가는 속도는 흡사 하늘을 나는 듯해서 카일의 비행 속도에 전혀 뒤지지 않았다.

"잠시 살펴보겠습니다."

울드는 성 밖의 농토에서 우선 멈춰 섰다.

두엄을 직접 살펴보기 위해서다.

"실로 웅장한 자연 순환의 장입니다."

"오물과 여러 자연물을 함께 삭혀서 지세를 북돋을 약을 만드는 것이오."

"따로 풀어지면 큰 기운이 되지 못할 것들이 한데 모여 더 큰 기운으로 순환되니 자연의 이치를 이해했다 할 만한 일입니다."

"좋은 뜻으로 받겠소. 자, 들어갑시다. 나의 영도인 바르테온이오. 필히 이 세상의 그 어떤 영도보다 선진적인 의식을 가지고 있을 거라 자부하오."

울드는 카일이 자신을 상대로 거짓이나 괜한 허풍을 떤다고 여기지 않았다.

분명 그럴 것이라고 여겼고 울드 또한 그렇게 보았다.

다른 것은 다 차치하고서라도 자신이 알고 있는 모든 인간 사회의 사람들 중, 바르테온의 사람들이 가장 청결했기 때문이다.

하지만 울드가 바르테온에 입성한 다음 제일 먼저 느낀 것은 그와 같은 것이 아니었다.

"이것은─. 에이디아의 순환 고리!"

바윗덩이 울드는 그 자리에서 몸을 부르르 떨었다.

티라디움은 강력한 마나 응집으로 이루어진 마나돔 안에 있다.

그리고 엘프들은 그 마나돔을 형성하는 큰 마나 흐름을 에이디아의 순환 고리라고 부른다.

에이디아의 순환 고리는 대자연의 신이 엘프들을 위해 내려 준 보호와 축복의 결정체인 것이다.

그런데 그 기운을 숲이 죽어 있는 인간의 땅에서 보게 된 것이다.

울드는 지금 이 상황이 어찌 된 영문인지 이해를 할 수가 없었다.

하지만 직접 본 것이 그렇다.

울드는 조사단의 임무를 떠나 자신이 직접 목도한 것을 정확히 파악할 필요가 있다고 느꼈다.

"순환 고리? 뭔가 느끼기라도 하였소?"

"음–. 잠시 자연의 목소리를 들어야 할 것 같습니다."

"그렇게 하시오."

울드는 그 자리에 멈춰서 눈을 감았다.

카일은 그에게 한 발짝 떨어져 그의 상태를 살폈다.

울드는 부림종을 부르기 이전에 자신의 생각을 우선 정리했다.

'만에 하나. 만에 하나라도 에디이아의 순환 고리가 있는 땅이 있다고 한다면…….'

죽음의 물로 오염되고 있는 지금의 티라디움을 떠나 새로운 정착지를 찾을지 모르는 단서가 된다. 이주의 가능성이 열리는 것이다.

'이 순환 고리의 영토가 인간들의 영역이란 게 참으로 아쉽긴 하지만, 다른 엘프 종족의 영역인 것보단 타협의 여지가 있지 않나.'

에이디아의 순환 고리가 있는 곳은 전부 엘프들이 자리를 잡고 있다.

그 지역은 먼저 자리를 잡고 있는 엘프들의 영토인 셈이고, 순환 고리마다 수용할 수 있는 인구수의 제한이 있다.

그래서 엘프 사회는 자신들의 인구수를 항상 순환 고리의 힘에 맞춰 조절한다.

그것이 자연에 순응하는 질서라고 믿기 때문이다.

그런 이유로 다른 엘프의 영토에 대단위 이주를 들어간다는 것은 현실적으로 불가능하다.

그렇기에 200년 전에도 그나마 마나가 융성하는 산중의 숲으로 이주지를 결정했던 것이다.

그러다 드워프들과 문제가 생겨 다시 티라디움으로 돌아온 것이고 말이다.

그런 사정을 전부 알고 있는 울드로서는 무조건 이 상황을 정확히 파악해야 할 의무가 있었다.

그것이 에이디아의 목소리를 듣는 신관의 존재 이유이다.

"궁금한 것이 있으면 무엇이든 편하게 이야기하시오. 나는 자연의 일족에게 무엇 하나 숨길 의도가 없소. 우리 인간 또한 자연의 일부이지 않겠소."

카일은 혼란스러움이 느껴지는 울드에게 부드러운 한마디를 건넸다.

의도적으로 자연체 상태의 마나를 품어서 말하였고 그 마나는 울드의 감각을 자극하기 충분했다.

일전에 카일이 티라디움에 왔을 때 보여 준 모습은 멀찍이서 본 것이라 제대로 느끼지 못했는데, 지금 이렇게 자신에게 향하는 카일의 기운을 직접적으로 경험하니 그 느낌이 너무도 충격적이었다.

"별의 사자님은 진정…… 자연 그대로의 순응이 느껴집니다."

"하하. 진정한 자연의 종족인 엘프에게, 그것도 정순함의 극치인 신관님께 그런 말씀을 들으니 내 수련의 보상을 받은 느낌이오. 더 고심할 게 없다면 우선 들어갑시다. 이제 겨우 문턱이오. 궁금한 것도 더 안으로 들어가서 가까이 살피는 게 낫지 않겠소."

"예. 알겠습니다. 그러지요."

울드는 카일의 기운으로부터 자신에 대한 적개심이나 의심, 의구심 따위의 부정적인 기운이 하나도 없다는 것을 너무도 강렬히 느꼈다.

자연 그대로를 닮은 그의 마나가 자신 주변으로 감싸 주고 있는 것만 해도 얼마나 큰 배려를 해 주고 있는지 알 수 있는 일이었다.

"우리 바르테온의 명물인 온천거리를 먼저 보겠소? 개인적인 자랑거리이긴 하나 수신공원도 제법 괜찮은 자리요."

"송구하오나, 제 모든 의식이 에이디아님의 순환 고리를 쫓고 있습니다. 우선 그것을 먼저 가까이 경험해 볼 수 있을는지요?"

"아무렴. 얼마든지 그렇게 하시오. 그런데 나는 인간인지라 당신이 말하는 그 에이디아님의 순환 고리라는 것이 정확하게 무엇인지 알 수가 없소. 그대가 설명을 해 주면 그에 맞춰 나도 성의를 보이겠소."

"순환 고리는 대자연의 기운이 한데 뭉쳐 어우러지는 순수한 합일의 장입니다. 그 안에선 자연이 융성하는 힘을 가지게 되지요. 주변의 자연이 쇠퇴하여 멸할지라도 순환 고리에선 다시 생명이 움터 오르니, 생과사가 맞물린 자연의 흐름에서 생의 원천이 되는 자리입니다."

카일은 올드가 순환 고리라고 하는 그순간부터 혹시나 하는 생각을 가지고 있었는데, 이렇게 말을 들으니 분명히 그것이구나 하는 확신이 들었다.

바로 자신이 틀어온 바르테온산맥의 마나 대맥 말이다.

그것이 아니라면 엘프가 이렇게 반응할 만한 기운이 따로 없다.

"말씀 들으니 내가 추측 가는 것이 하나 있긴 하오. 관저까지 가야 하니 안내하겠소."

"알겠습니다."

"가는 길목이 불편해질 수 있으니 잠시 기다려 주시오."

카일은 배틀메시지로 친위단에게 중앙대로를 비우라 명령했다.

아직 성문을 완벽히 통과한 게 아니고 옹벽까지 있어서 울드의 모습을 확인한 이들은 성문 관리 병력뿐이다.

하지만 울드가 본격적으로 영내를 걷게 되면 분명 수많은 구경꾼이 몰리게 될 것이다.

엘프의 입장에서 인간에게 구경거리가 된다는 감정을 불쾌히 여길 수 있을 것 같아 일부러 신경을 쓴 것이다.

그런데 울드의 대응이 놀라웠다.

"혹시 저를 위한 목소리를 전달하셨습니까?"

"으음-. 그것을 느낀 것이오?"

"예. 영주님의 기운이 파장으로 펼쳐진 즉시 주변 사람들의 기운이 매우 일사불란하게 움직이고 있습니다. 그것이 저를 위한 것이라면 저는 괜찮습니다."

"손님을 맞이함에 있어 불편함을 드리고 싶지 않아 가는길을 터 놓으라 한 것뿐이오."

"혹여 저를 가까이 보고 싶어하는 사람들 때문이라면 괜찮습니다. 생소하고 생경한 것을 보면 가까이 살피고 싶은 것이 자연의 이치 아니겠습니까. 저 또한 그 이치 안에 있고 이 영토의 사람들 또한 그 이치 안에 있는 일입니다."

"하하. 하하하. 이거 내 딴에는 배려한다고 한 것인데, 그것이 오히려 실례가 되었소. 그러면 신관께서 말씀한 대로 하겠소."

카일은 친위단원에게 다시 배틀메시지를 보내서 방금 명령을 철회시켰다.

'군다의 말을 어디까지 믿어야 하는 거지? 이 엘프 신관만 보자면 이렇게 됨됨이가 좋은 이가 없는데.'

울드를 직접 본 카일의 느낌은 그러했다.

'군다가 아주 거짓말을 했을 리는 없겠지만, 그렇다고 엘프를 너무 색안경을 끼고 볼 건 아니겠어. 진솔하게 대하면 충분히 진솔하게 받아 줄 수 있는 인물이야.'

만에 하나 울드 혼자만 좀 특출난 인물이라고 해도 지금의 판단이 옳다고 여겼다.

그 특출남이 그만큼의 영향력으로 표출될 것이라 생각하기 때문이다.

"자, 그러면 나갑시다. 안내하겠소."

카일이 울드와 함께 옹벽문을 지나쳤다.

친위단의 움직임으로 한 골목 뒤로 쫙 밀려났던 사람들이 다시 중앙대로로 쏟아져 나오는 중이었다.

그리고 그 순간 카일과 함께 서 있는 엘프를 발견했다.

긴 귀, 순백의 피부, 그리고 초록의 법복을 걸치고 있는 신비한 분위기의 사람.

엘프에 대한 전설을 한 번이라도 들었다면 누가 보아도 엘프라고 느낄 모습이었다.

"저기 엘프다!"

"엘프다! 영주님께서 드워프에 이어 엘프까지 초빙했어!"

"어디, 어디! 엘프라니!"

"영주님, 엘프 귀족분을 모시고 오셨습니까!"

"영주님, 대단하십니다!"

"진짜 엘프다! 진짜 엘프야!"

"영주님께서 엘프 귀족분을 모셔 왔어!"

일단 사람들에게 드워프가 무서운 산괴물의 이미지가 강했다면 엘프는 신비한 숲의 요정의 이미지가 더 강하다.

울드를 발견한 사람들 환호성을 지르며 난리를 피웠다.

순식간에 주변으로 구경꾼들이 몰려 닥쳤다.

"곤란하지 않소?"

"자연에 순응하는 것이 신관의 몸가짐입니다. 이 또한 순응하여 지나치면 될 일입니다."

"그 공부가 굉장히 깊은 것 같소."

카일은 내심 칼을 들이밀어도 그것이 자연의 흐름이라며 받아들일까 싶은 궁금증이 들었다.

하지만 그것은 궁금증일 뿐 그러한 질문을 한다는 것부터가 쓸데없는 논조로 딴지를 거는 것임을 알기에 입을 꾹 닫았다.

'괜한 호기심 부리지 말고 일이나 하자. 잘만 하면 석유보다 더 큰 것을 얻을지 모르는 순간이야. 정신 차려야지.'

카일은 직접 울드를 안내하여 관저로 들어섰다.

"다 왔소. 몇 걸음만 더 가면 되오."

관저 안에서 예전 텃밭 자리, 현재의 마나수정 제작소로 이동했다.

지하로 내려가는 통로는 두꺼운 쇠문으로 굳게 닫혀 있었다.

"근원지를 말하자면 정확하게는 이 문을 통해 지하로 내려가야 할 것이오."

"그런데 문이 굳게 닫혀 있습니다."

"지금은 사정이 있어서 닫아 놓고 있소. 나에게 아주 귀하고 중요한 일이오."

이 안에 레온이 있다.

신년식이 있기 전까지 마스터에 오르라고 명령을 내려 둔 상태이고, 그 명령은 아직 완료되지 않았다.

물론 철회할 생각도 없다.

"그러면 이 안까진 들어가 볼 수 없는 것입니까?"

엄밀히 따지면 못 들어가 볼 건 없다.

자신이 닫은 문이니 자신이 열고 들어가면 된다.

레온이 심상에 빠져 있는 가능성에 대한 건 분석을 통해 미리 확인해 보면 되는 것이고 말이다.

그런데 마음속에 작은 욕심이 떠올랐다.

따지고 보면 지금 영지의 최고 기밀 사항을 공개하는 것이나 마찬가지인데 이걸 그냥 순순히 내주는 게 오히려 바보 같은 짓 아닌가.

영지의 이익을 최우선으로 생각해야 할 영주로서도 절대 그리해서는 안 되는 일이었다.

"아쉽지만 지금은 어렵소. 이렇든 저렇든 신년식이 지나고 나면 이 문을 열게 될 것이오. 그때는 직접 안을 살필 수 있게 해 줄 수 있소."

"그렇습니까……. 흐음. 혹시 그 신년식이 언제인지 알 수 있겠습니까?"

"신년의 두 번째 보름달이 뜨는 날이오."

"그러면 며칠 남지 않았군요."

"그렇소. 보다시피 영도에 이렇게 사람이 많은 것도 신년식 행사 때문에 그런 것이오."

"그렇다면 이렇게 하는 게 어떻겠습니까?"

"어떤 의견이든 경청하겠소. 편히 말씀해 보시오."

"영주님께서 순환을 준비하는 과정에 있다고 하였습니다. 또 간단한 순환이라면 우선 만들어 보여 주실 의향이 있다고도 하였습니다."

"그렇소. 분명 그렇게 말했소."

"그러면 어차피 그 준비를 하는 시일이 걸리지 않겠습니까. 제 생각에 그 시일과 신년식이 열리는 기간이 얼추 비슷하지 않을까 생각합니다."

"신관의 말씀은 겸사겸사 신년식 때까지 기다려 주겠다는 말이오?"

"예. 영주님께서 배려해 주신다면 그리하여 모든 것을 조금더 가까이, 또 정확히 살피고 싶은 마음입니다."

울드는 엘프다.

그것도 누가 보아도 높은 신분인 게 느껴지는 고위 신관이다.

혼자 있는 것이 조금 단출해 보였지만 오히려 그렇기에 더욱 고결해 보이는 느낌이 있었다.

이번 신년식에 드워프와 함께 엘프까지 배석해 있다고 쳐 봐라.

이 루카시스, 아니 이 세계 그 어느 영지가 이보다 더 큰 위세와 영향력을 떨치겠냔 말이다.

오히려 사정을 해서라도 잡아 둬야 할 것을 울드가 먼저 제안하고 있는 상황인 것이다.

"마다할 이유가 없소. 이왕 이렇게 뜻이 모인 것, 지내는 동안 그냥 시간 보내지 말고 순환의 준비 과정을 면밀히 살피시오. 그래야 진정으로 그 순환을 이해하여 받아들이지 않겠소? 나 또한 숨기는 것 없이 공유하겠소."

"영주님의 진심에서, 저에 대한 배척이 단 한 줌도 느

껴지지 않습니다. 그 호의와 진심 곧이 들어 영주님의 흐름
에 몸을 맡기겠습니다."

"고맙소. 우리 서로가 서로에게 득이 되고자 만난 것이니
같이 잘해 봅시다."

그렇게 관저의 한곳에 엘프의 거처가 마련되었다.

2장

"진짜 엘프님이래? 나는 창고 정리하느라 못 봤어!"

"그렇다니까. 영주님께서 거처를 마련해 주신다고 했는데 저택은 쇠 냄새가 나서 힘들다고 하셨대. 그래서 뒤뜰 숲에 있겠다고 했다나 봐."

"진짜? 거기서 뭘 어떻게 하시겠다고? 텐트라도 치신대?"

"그야 모르지. 그런데 갑자기 숲이 엄청 무성해졌잖아. 한겨울인데 풀도 자라고. 그게 엘프님이 숲에 있어서 그런 거래."

"엘프님은 숲의 요정이라더니 그 말이 딱 맞구나."

"그런데 엘프님은 식사를 어떻게 가져다줘야 하지?"

"시녀장님한테 말 내려온 거 없어?"

"없어. 한번 여쭤볼까?"

"그래야 하지 않을까? 어찌 되었든 손님인데, 당연히 식사를 드려야 하잖아."

시녀들은 우르르 메이를 찾아가 엘프님의 식사를 어찌해야 할지에 대해 물었다.

"으음-. 저택 내에 계시면 일반식으로 우선 차리면 될 건데 지금 뒤뜰 숲에 계신지라…… 조금 애매하네. 기다려 봐. 영주님께 여쭐 테니까."

메이는 집무실에 있는 카일을 찾아가 올드의 식사에 대한 질문을 했다.

"그건 신경 쓸 것 없을 것 같아. 신관이라 식사를 절제한다고 하더라고."

"아, 그런가요? 그러면 식사는 따로 언질 주시기 전까지 준비하지 않는 걸로 하겠습니다."

"응. 그렇게 해."

메이가 고개를 숙이고 물러났다.

카일은 지금 보고 있는 서류에 다시 집중했다.

증기기관에 대한 설계도이다.

증기기관은 물에 열을 가해 나온 수증기로 실린더의 운동을 만들고 그것을 여러 축을 활용해 다른 운동의 동력으로 사용한다.

겉에서 열을 가하는 방식이라 만드는 난이도로 따지면 내연기관에 비할 바가 아니다.

굳이 크게 만들 것도 없다. 그냥 이런 식이다 보여 주기만 하면 되니 말이다.

군다에게 갈 것도 없이 잭 선에서 만들어 낼 수 있는 정도의 기술이다.

카일은 그렇게 주먹만 한 크기의 증기기관의 설계를 완성했다.

"니켈, 이것을 대장간에 보내라. 화급이니 지금 즉시 만들어 내라고 해라."

그렇게 만든 증기기관은 잭에게 보냈다.

새로운 전지를 한 장 다시 깔았다. 이번엔 석유 정제기에 대한 것이었다.

이것도 당장 고품질의 석유 정제기를 만들어 낼 필요는 없다. 램프를 비출 수 있을 정도의 기름만 추출해도 의미가 있다.

엘프들이 중시하는 것은 자연의 순환이다.

자신들이 죽음의 물이라 칭하는 석유를 빛과 열로 치환하여 자연으로 순환시킬 수 있다는 것만 보여 줘도 충분하다고 생각한다.

카일은 간단히 완성한 석유 정제기는 군다에게 보냈다.

"해 떨어지기 전에 나오겠지."

잭과 군다의 작업 속도를 생각하면 오래 걸릴 거라 생각하지 않았다.

그리고 그 예상대로 오래 걸리지 않았다.

카일은 일과 시간이 끝나기 전에 두 개의 결과물을 받을 수 있었다.

카일은 그 두 가지 결과물을 챙겨 뒤뜰 숲으로 갔다.

숲은 아침 때보다 더욱더 나무와 풀이 무성해져 있었다.

한여름 소나기 머금고 자라난 풀밭인가 싶을 정도였다.

그리고 잎이 자라난 나무들은 서로의 가지를 엮어 커다란 초록 누에고치를 만들었다.

카일은 그것이 울드가 친 보호막인 것을 인지했다.

쇠 냄새로 대표되는 인간의 기운을 방어하기 위한 보호막인 것이다. 그리고 그것은 엘프의 요람, 둥지이기도 했다.

'이것이 에이디아의 순환 고리인가.'

울드는 최고신관이라는 자신의 직위에 걸맞는 실력을 가지고 있었고 그 능력은 카일의 호기심을 자극하기 충분했다.

울드가 만든 마나 운용이 티라디움의 마나돔과 크게 다르지 않았기 때문이다.

인위적으로 자연상의 마나를 끌어와 한곳에 고착되게 하는 기술인 것이다.

그 기술은 카일이 마나 주입로를 만든 것과 같은 결을 가지고 있었다.

하지만 결정적인 차이는 분명히 있다.

카일은 굵은 대맥의 방향을 약간 틀어서 끌고 온 것이고,

울드의 기술은 자연상에 분포하고 있는 마나에 인력을 작용하여 응집시켜 묶어 둔 것이다.

이런 효과만 보면 휴슬레의 운영술인 자연발화와 비슷한데, 그 기술은 마나홀이라는 매개체가 있어야 한다.

그리고 응집된 마나가 결국은 마나홀로 흡수되는 운용을 취한다.

하지만 울드의 것은 아니었다.

자연상에 분포한 마나를 돔의 형태로 흐르도록 길을 바꿔 놓은 것이다.

마나는 어느 곳으로 흡수되거나 활용되지 않았고 그 돔을 이루는 회전의 형태로 흐르다가 자연 상태로 퍼져 나갔다.

'이 기술로 자연의 생장을 돕는 것이구나. 실로 매력적인 기술이다.'

카일은 울드가 만든 순환 고리가 한겨울 나무에 잎이 돋게 하고 풀이 자라게 하는 것임을 이해했다.

저렇게 계절을 역행하는 행위를 하는 것이 자연의 이치에 순응하는 것인지 묻고 싶은 마음도 들었지만, 지금 상황에서 그 질문이 중요치 않다는 것 정도는 너무도 잘 알고 있다.

중요한 것은 기술이다.

이 순환 고리를 활용한다 치면 한겨울에도 농산물을 재배할 수 있게 된다.

엄청난 속도로 생장을 이루게 되니 그만큼 생산 효율도 올라가게 될 것이고, 생산량 증가는 말할 것도 없다.

탐나는 기술이다.

'기술을 카피하는 것은 쉽다. 하지만 실사용은 명분의 문제지. 당장 욕심난다고 급히 가지 말자. 아직 다 먹지 못한 것들도 수두룩하다.'

북부에 개간한 목화밭에서 어서 수확을 하고 싶은 마음이 큰지라 조금 욕심이 난다.

목화 나무를 구해다 심어도 해걸이를 해야 할 것이고 씨로 뿌린 목화나무가 자라서 솜을 맺으려거든 그만큼의 시간이 필요하니 말이다.

그런데 이 기술이면 그 시간을 전부 건너뛸 수 있다.

고속 성장으로 지력이 약해진다 해도 퇴비로 보충해 주면 되니 크게 문제 될 게 없었다.

일이 척척 맞물려 돌아가는 기분이다.

"보시오, 울드 최고신관. 잠시 확인해 보겠소?"

그래서 그런가 울드를 부르는 카일의 목소리는 퍽 흥겨웠다.

"예, 들어오십시오."

울드는 밖으로 나오지 않고 무성한 풀을 뉘여 길을 열어 줬다.

손님과 주인이 바뀐 것 같은 기분이다만 그런 건 아무렴 상관없는 일이었다.

반나절 사이 무성하게 자란 숲으로 들어갔다.

몇 겹의 나뭇잎 장막이 걷히고 환한 빛무리 속에 있는 울드의 모습이 들어왔다.

울드는 커다란 홀씨를 기리며 기도를 드리던 중이었다.

울드가 기도를 멈추니 빛을 내던 홀씨에서 빛이 사그라들었다.

"씨앗에 빛을 담은 것이오?"

"빛은 어디에나 있습니다. 그저 잠시 머물다 간 것일 뿐입니다."

일견 듣기엔 뜬구름 잡는 소리다. 하지만 그 이치를 이해한 카일에겐 그 운용의 묘리가 보였다.

말 그대로 순환인 것이다.

'빛을 끌어와 담아 두는 기술이 있으면 자연발광 가로등 같은 것을 만들 수 있으려나. 하핫. 이것도 너무 앞서가는구먼. 그냥 램프만 해도 될걸.'

쓸 만한 것들이 계속 눈에 들어오니 기분이 좋다.

영주로서 손에 쥔 패가 많다는 건 그만큼 좋은 일 아니겠나.

"그러면 그 또한 순환이겠소."

"그렇습니다."

"자, 좋소. 나도 여기 작은 순환을 가지고 왔소."

카일은 우선 정제기를 먼저 내놓았다. 사람 몸통만 한 크기의 작은 정제기다.

시연만 하는 것이니 많은 용량을 넣을 것도 없다.

석유를 조금 덜어내 정제기에 넣었다.

"여기에 열을 가하면 이 죽음의 물 안에 순수한 기름이 분리되어 나오는 것이오."

"불이 정화의 방법이 됩니까? 죽음의 연기와 업화가 되어 타오를 겁니다."

"불이 아니라 열이오. 죽음의 물은 이 불에 타지 않는 강철관 안에서 열로만 순환의 과정을 거치게 될 것이오."

엘프들은 불과 쇠를 쓰지 않는다. 음식도 생식만 막는다.

그러니 이런 방식을 생각지 못했을 것이다.

"쇠를 사용해야만 정화를 할 수 있는 겁니까? 그렇다면 이건 엘프가 사용할 수 없는 방식이군요."

"그렇소. 우리 인간의 방식이오. 그리고 드워프가 손을 거들어 줄 수 있는 방식이고. 이렇게 하면 내가 아닌 그 어떤 사람도 죽음의 물을 정화할 수 있소."

"그래서 중개자의 역할만 해도 충분하다고 하신 것이군요."

"그렇소."

"예. 알겠습니다. 우선 그 이치를 보겠습니다."

"지금은 약식으로 보여 주는 것이니 화력은 내가 좀 더 더하겠소."

카일이 마나로 불을 키웠다. 잠시 지나니 정제기의 밸브에서 맑은 기름이 똑똑 떨어지기 시작했다.

"물이 열을 받으면 수증기가 되고 그 수증기가 하늘로 올라가 구름이 되고, 그 구름이 다시 하나되어 비로 떨어진다고 알고 있소. 나는 이것이 순환이라 여기는데 당신의 생각은 어떻소?"

"저도 동의합니다."

"죽음의 물도 물은 물이니 같은 이치에 속해 있다고 보았소."

"이 장치는 사람이 인위적으로 자연의 이치를 흉내 낸 결과물이 되겠군요."

"그렇다고 할 수 있소. 엘프들은 인간이 자연을 통제하려 하기 때문에 오만하다 여긴다는 것을 알고 있소. 하지만 우리는 당신들처럼 태생적인 친화 능력이 없을뿐더러, 자연의 사랑을 받는 일족도 아니오. 우리 인류는 지금까지 이렇게 생존했고 앞으로도 이렇게 생존해 나갈 것이오. 이것이 다른 일족의 평가에 영역에 있다곤 여기지 않소."

카일은 강요하지 않는 담담한 어투로 말했다.

애걸할 것도 없고 아쉬운 소리 할 것도 없다.

울드는 떠나지 못한다.

이 석유 정제를 떠나 순환 고리 때문에라도 그렇다.

"숙고하여 생각하겠습니다."

"좋소. 시간은 넉넉하니 천천히 생각하시오. 자, 그리고 여기 이렇게 나온 기름을 다시 순환시킬 수 있소."

카일은 정제되어 나온 알콜을 미리 준비한 램프에 담았다. 그러곤 불을 붙여 증기기관의 가열 부위에 놓았다.

"정화된 기름이 불로 화하고 그 불은 다시 힘으로 변환되어 자연으로 흩어지게 될 것이오."

증기기관의 가열부에 열이 오르자 뿌연 수증기와 함께 피스톤이 움직이기 시작했다.

"이렇게 하면 그대들이 죽음의 물이라 하는 이 물질에서 자연의 물리력을 뽑아서 사용하는 게 되오. 마나를 다루지 못함에도 이 안에 깃든 기운을 뽑아 쓸 수 있는 것이오."

"실로 그렇습니다. 직접 보아 판단하건대 반론 거리가 없습니다."

"쇠와 불을 다루지 않는 그대들에게 이것은 죽음의 물일지 모르나, 쇠와 불을 다루는 우리 인류에겐 이것이 힘의 물이오. 숲의 자식으로 태어난 그대들에게 숲이 선물이듯, 땅의 자식으로 태어난 우리들에겐 이 석유가 선물이오. 그러니 서로 맞는 이에게 맞는 것을 돌려줍시다."

울드가 느끼기에 카일의 말에 어떠한 불합리가 있지 않았다.

이치에 맞는 말이었고 순리에 어긋나지 않는 말이었다.

이것은 엘프 사회가 인간을 어찌 보는지와 전혀 연관이 없는 문제이기도 했다.

"알겠습니다. 제가 보고 느낀 그대로 뜻을 전달하도록 하겠습니다."

"좋소. 그러면 남은 시간은 어찌하겠소?"

"저는 이곳에 있겠습니다."

울드는 다른 곳으로 갈 생각이 없었다.

순환 고리를 느끼기에 이 자리가 가장 가까운 자리였기 때문이다.

"알겠소. 하면 문이 열릴 때 부르도록 하겠소."

"예. 저는 이 자리에서 목소리에 귀 기울이겠습니다."

울드가 양손을 모으며 기도의 자세를 취했다.

홀씨에 다시 빛이 모여 들었다.

이만 나가라는 뜻이다.

귀한 신관님 기도를 방해해서야 쓰겠나.

카일은 존중의 마음으로 그들의 신에게 고개를 숙인 후 뒤돌았다.

스스륵 열린 나뭇잎 휘장은 카일이 방을 나서자 다시 겹겹이 맞물렸다.

"이거 식순 하나 추가해야겠구먼."

며칠 남지 않은 신년식에 순서를 하나 급히 추가해야 할성싶다.

카일은 흥겨이 사사레를 불렀다.

카일은 사사레에게 증기기관이 적용된 기계 장비를 선보이는 식순 하나를 추가하라 했다.

"예. 그러면 하명하신 대로 조치하겠습니다."

사사레가 카일의 명령을 받아 적은 후 물러났다.

해가 완전히 떨어졌다. 일과도 끝난 시간이다. 부활한 야간 훈련이 진행될 시간이다.

카일은 훈련장으로 나갔다.

훈련장에선 뒤뜰 숲이 시야에 들어온다. 당연히 올드가 만든 초록 누에고치도 눈에 들어온다.

처음에는 방 한 칸만 했던 것이 시간이 갈수록 한 겹 한 겹 더해지더니 이제는 집 한 채만 하게 커졌다.

한겨울에 초록 잎을 틔워 내는 것만 해도 신기한 모습인데, 그것이 점점 더 커지고 있으니 여느 기사들이며 마법사들이며 눈길을 빼앗기지 않을 도리가 없다.

다들 훈련에 오롯이 집중하지 못하고 뒤뜰 숲을 힐끗거렸다.

오늘은 아무래도 훈련이 제대로 되지 않을 모양이다.

"다들 주목."

안 되는 훈련을 억지로 잡고 있을 건 없다.

카일은 바르테온의 기사들이 올드의 요람을 살핀다고 하여서 올드가 기분 상할 것이라 여기지 않았다.

그럴 것이었다면 애당초 자신의 모습을 드러내어 대로를 걷지 않았을 것이다.

"내가 먼저 보건대 엘프의 마나 운용은 마나홀을 중심으로 하지 않는 듯했다. 자연 상태의 마나에 교감하고 순응하는 것에 초점이 맞추어져 있다. 저들은 이것을 순환의 이치라 하더군."

카일은 마나를 결정화시켜 그와 유사한 흐름을 한번 보여 줬다.

기사들은 카일의 배려에 고개를 숙였다.

"그럼 오늘은 엘프의 운용술을 견식하는 것으로 훈련을 대체하도록 하겠다."

경지가 되는 이들에겐 말 그대로 마나 운용을 견식하는 자리겠지만 그렇지 못한 이들에겐 그저 엘프 요람을 구경하는 자리일 것이다.

그런데 그것만 해도 가치는 충분하다 여긴다.

그것을 구경한 귀족들의 입을 통해 관저로 들어간 엘프의 소식이 널리 퍼지게 될 테니 말이다.

안 그래도 궁금해하던 차에 대놓고 살펴볼 수 있는 기회를 만들어 주니 다들 비탈을 타오르면서까지 눈이 뚫어져라 울드의 요람을 살폈다.

아마 코앞까지 가서 살펴보지 못한 게 아쉬울 테지만, 그것까진 허락할 일이 아니다.

그렇게 오늘의 훈련 목표를 새로 설정해 준 카일은 스스로도 울드의 엘프 요람을 다시 한번 집중하는 시간을 가졌다.

그 데이터를 저장하여 분석하고 활용할 수 있는 방안에 대한 궁리를 하고 있으니 시간이 금세 흘렀다.

야간 훈련을 끝내고 자정이 가까워지는 시간이 왔다.

달이 뜬 지는 오래다.

배가 퉁퉁하게 불어 오른 상현달이다.

보름이 얼마 남지 않았다.

카일은 의식을 넓히고 넓혀 지하로 파고들었다.

레온의 기운이 감지되었다.

"하여간, 지크라니까."

레온은 좌대 위에 있지 않았다.

마나 주입로에서 기운을 받는 것이 집약된 기운을 받는 것이 아니다.

그 마나 대맥이란 것도 경지가 없으면 자신의 것으로 만들지 못하는 것인데, 저렇게 말을 안 듣는다.

문을 박차고 들어가서 잔소리를 한바탕 더 해 줘야 할까 싶다만, 상관으로서 이런 건 또 모른 척해 줘야 하지 않겠나.

아직 신년식까진 며칠 남기도 했고 말이다.

정말 만에 하나 신년식까지 레온이 마스터를 이루지 못한다면, 있는 그대로 보면 된다.

자신의 고집으로 명령을 어기고 정무적인 판단 또한 그르친 것으로 말이다. 그에 대한 책임은 스스로 지는 것이다.

"잘만 되면야 스스로 더욱 떳떳해지겠지. 잘하고 나와라. 나도 너한테 책임 지우기 싫다."

카일은 늦은 밤을 지나쳤다.

✦

"영주님, 배가 들어온답니다."

"나가 봐야겠군."

카일은 니켈의 보고에 선착장으로 나갔다.

숙련공 모집 임무를 끝내고 영지로 복귀하는 칼데온을 마중하기 위해서다.

"영주님을 뵙습니다."

"스승님, 고된 일 감수해 주셨습니다."

"아닙니다. 영지를 풍성하게 만들 인재를 선별한다 하니 보람된 일이었습니다."

칼데온이 마주 인사하며 시론을 앞으로 당겨 왔다.

확인을 해 보란 뜻이다.

카일이 시론의 몸을 훑었다. 마나홀에 선 하나가 더 그어졌다.

"시론, 축하한다."

"감사합니다. 이 모든 것이 영주님께서 내려 주신 것이라고 생각합니다. 목숨 바쳐 모시겠습니다."

"시론, 너도 이제 어엿한 한 명의 기사이다. 개인인 영주에 대한 충성보다 영지를 위한 헌신을 하도록 해라."

"예, 영주님. 영주님께서 하신 선택이 후회되지 않는 기사가 되도록 항상 노력하겠습니다."

"좋다. 너의 수련은 지금부터이니 수련에도 더욱 매진해야 할 것이다."

3서클이 시론이 지금까지 쌓아 온 모든 것을 개화시켜 도달한 경지이다.

이 이상은 당장 억지로 끌어올려 줄 수도 없다.

앞으로는 시론 스스로의 몫이다.

"예. 전쟁을 겪으며 느낀바가 아주 큽니다. 실피드란 이름에 부끄럽지 않게 열심히 하겠습니다."

"좋다. 내 옆에 서거라. 너는 나의 파발기수이다."

"예, 영주님. 모시겠습니다."

시론이 카일 옆으로 섰다. 니켈은 평소 다닐 때도 한 걸음 더 멀찍이 떨어져 있었기에, 시론이 자신의 자리를 두고 괜한 눈치 싸움을 할 여지는 없었다.

"이 자리에 서니 이제야 집에 돌아온 듯 마음이 편합니다."

"이 녀석이. 경지 좀 올랐다고 면전에 두고 면박을 주는구나. 나랑 있던 기간은 불편해서 좀이 쑤셨더냐?"

칼데온이 허허 웃으며 장난 섞인 핀잔을 줬다.

"아휴-, 어르신 그렇지 않습니다. 말씀 거두어 주십시오."

"허허허. 이 녀석 내 앞에서 벌벌 떨며 거짓말을 늘어놓던 게 엊그제 같은데, 이젠 진짜 기사 태가 나긴 하는구나. 한

말 잘 지키는지 지켜볼 테니, 앞으로도 계속 정진해라."

"예, 어르신. 어르신의 가르침에 부끄럽지 않은 기사가 되겠습니다."

시론이 정중히 허리를 접었다. 기사의 예법이었다.

단순히 서클만 올린 게 아니라 몸가짐의 바름 또한 잘 배운 듯했다.

짧은 기간 동안 많은 것을 가르친 칼데온도 그렇고 그 많은 것을 몸에 익힌 시론도 고생한 일이다.

"자, 드시지요. 모시겠습니다."

"앞에 서시지요. 따르겠습니다."

둘은 앞서거니 뒤서거니 함께 걸었다.

"먼저 보낸 숙련공들은 어떠셨는지요?"

"다들 현장에서 열심히 하고 있다는 보고를 받았습니다."

"나름 심지가 좋은 이들을 고르려 했는데, 다행입니다. 극단에 대한 것은 확인이 되셨는지요? 텀을 두어 출발시킨지라 하선하려거든 아직 시간이 있습니다."

이상한 낌새가 있다면 하선하기 전에 처리하자는 뜻이었다. 물론 그 처리 역할을 자신이 감수하겠다는 뜻이기도 했고 말이다.

"아직은 이렇다 하게 없습니다. 선실 내에서도 별다른 대화는 없더군요."

"영주님께서 보시기에 진짜 투항을 한 이들 같으십니까?"

카일은 그 질문에 그만 하하 웃고 말았다.

자신은 아직 그들의 얼굴조차 보지 못했기 때문이다.

그래도 아주 감이 없지는 않다.

"아마 아닐 가능성이 더 크다고 봅니다."

"그러십니까? 역시 가서 처리하는 것이 더 낫겠군요."

"하지만 먼저 온 이들에게 그랬던 것처럼, 그들에게도 기회 한번 줄 법은 하지요. 크게 불안하십니까?"

"허허허. 그리 비추어졌습니까?"

친위단의 방비가 좋다. 그리고 술사단이 있다. 정확히는 말라드다.

말라드의 모습에 눅스가 큰 동요를 가졌던 것처럼, 이번 극단에 섞여 들어오는 낙원단원들도 그럴 것이다.

그 동요되는 부분을 잡아내면 된다.

카일이 그러한 설명을 간단히 해 주니 칼데온은 한 줌 남았던 염려마저도 털어 내었다.

"염려할 게 없다는 것을 알고 있으면서도 염려를 하는 걸 보니 저도 무뎌질 대로 무뎌졌나 봅니다. 어허허."

"영지를 사랑하는 마음이 크신 것이지요."

그리고 자신을 존중하는 마음이 큰 탓이기도 하다.

칼데온의 방식으로 의심되는 자를 전부 도륙을 내놓으면 문제의 근원이 해결된 것이지 않겠나.

그것을 못 하고 문제를 계속 남겨 두니 염려가 차오르는 것이다.

"달이 차는 것을 보아하니 모레에 신년식을 치르면 될 듯합니다. 그간 임무로 고되셨을 텐데, 편히 쉬신 후 행사 즐기시길 바라겠습니다."

카일은 칼데온에게 행사를 빛내 달라 말하지 않았다.

이번 신년식에 칼데온의 자리는 없다. 앞으로도 계속 그럴 것이다.

칼데온 스스로 선택한 것이니 서운함은 없으리라 믿는다.

"예, 영주님. 하면 이번 기능공들도 한번 면면을 살피어 추려 주십시오."

"예. 필히 그렇게 하겠습니다."

칼데온이 웃으며 자리를 물러났다.

카일은 칼데온의 청대로 기술공들의 배가 들어오면 이번 기술공들을 전부 관저로 데리고 오라 일렀다.

이번은 인원들이 많으니 그들을 한 번에 수용할 마땅한 자리는 추국장뿐이다.

의도적으로도 나쁘지 않다고 여긴다.

"영주님, 기능공들을 모두 추국장에 대기시켰습니다."

카일이 추국장으로 나섰다.

기능공들이 불안한 표정으로 모여 있었다.

그들 중에 의연함을 잃지 않고 있는 이들이 금방 눈에 띄었다. 표정이 아니라 마나가 말이다.

"바르테온에 온 것을 환영한다. 자신의 자리에서 맡은바 책무에 성실하다면 그 누구라도 바르테안과 같은 권리를 보장받을 것이다. 영주의 이름으로 약속하겠다."

겉으로 보기에 불안하여 쩔쩔매는 것 같으나 그 속의 마나가 평온하다면 겉의 불안함은 연기를 하고 있다는 뜻이다.

그리고 지금 이 상황에서의 연기는 거짓을 뜻한다.

'이번이 세 번째면 나름 작정을 하고 들어온 것일 텐데, 첫 판부터 이렇게 쉽게 걸리나.'

김이 확 빠져 버리는 기분이다.

카일은 이상 징후가 보이는 이들을 바로 체크하여 친위단에게 전달했다.

그들은 요주의 인물로 기록되어 좀 더 세밀한 관심을 받게 될 것이다.

"누가 극단장인가."

"제가 극단장입니다."

갤리언이 손을 들었다.

"앞으로 나오라."

"예, 영주님."

"투항을 했다 들었다."

"그렇습니다."

"다른 낙원단원들도 함께."

"예. 그렇습니다."

"하면 내가 그 마음을 좀 받아 봤으면 하는데. 괜찮겠나?"

"물론입니다. 제가 무엇을 올리면 되겠습니까?"

"자네들의 실력도 확인할 겸, 시일이 촉박한 임무를 주어도 되겠는가?"

"영주님의 신임을 얻을 수 있는 기회입니다. 최선을 다해서 가진 모든 것들 펼쳐 보이겠습니다."

"좋아. 모레에 있을 신년식에 극을 올렸으면 좋겠군."

"신년식이라 하시면, 바르테온의 최고 축제가 아닌지요?"

"벤자르 출신이면서 그것을 잘 알고 있군."

"송구합니다."

"이미 투항을 하였으니 어떻게 잘 알고 있는지에 대해선 아무럼 상관없지. 어때, 날짜에 맞춰 극을 올릴 수 있겠나?"

"지침을 주신다면 그에 맞는 극을 올리겠습니다."

"우리 바르테온은 이렇다 할 극이란 게 없네. 해 봐야 기사도를 외치는 웅변 같은 것이 고작이지. 음악과 춤이 함께 있는 연극에 대해선 아는 바가 없어."

"하여도 원하는 것은 있지 않겠습니까? 예를 들어 영주님의 영웅적인 면모를 비추는 연극이라든가, 바르테온 기사단의 기사도를 칭송하는 연극이라든가. 그런 것 말입니다."

"그런 것이 영지민들이 보기에 재미가 있을 것 같은가? 나는 영지민들이 보기에 즐거운 극이었으면 좋겠는데."

"신년식의 상징성이 있는데, 일반 백성들이 좋아하는 연애물이나 오락물을 올리는 것은 격에 맞지 않는듯합니다."

"나는 내 백성들이 지루한 극을 억지로 보게 하고 싶지 않네."

"그러시면 칭송에 재미를 담아 최대한 준비를 해 보도록 하겠습니다."

순간 갤리언의 눈동자가 빛났다. 그 순간의 눈매가 먹이를 노리는 독사의 눈이었다.

카일은 그가 이다음 무슨 말을 할지 집중했다.

"하온데 그리하려거든 영주님을 가까이서 모셔야 할 필요성이 있습니다."

"가까이서 모시다니?"

"말 그대로입니다. 영주님의 평소 모습을 잘 보고 그 안에서 칭송받을 것은 더 칭송받게, 그리고 즐거울 것은 더 즐거울 수 있게 각색을 하는 작업이 필요합니다. 그러기 위해선 영주님의 평소 모습을 면밀히 담을 필요가 있습니다."

"변주를 위한 바탕을 우선 공고히 삼는다는 뜻이군. 내 극에 대해서는 아는 바가 없으니 전문가가 하는 말을 따라야겠지. 그리하게."

"예. 하면, 제 단원들 중 한 명을 영주님의 곁에 두어 영주님을 모실 수 있게 하면 어떻겠습니까?"

"알겠네. 그리하지."

"그러면 저희 극단의 1선 무희인 리사를 배정하도록 하겠습니다. 1선 무희는 무대에서 극의 전반적인 사항을 모두 체크하는 만큼 실력이 출중합니다."

'사람을 붙여서 암살이라도 하겠다는 건가? 하하. 이거 우습게 보인 걸로 봐야 하나.'

그런데 그렇다고 하기엔 앞으로 나온 리사가 마나 능력이 없는 일반인이었다.

암살을 하려거든 독을 사용할 수도 있겠지만, 감히 마스터를 상대로 암살을 시도한다는 것만 해도 일반인으로는 감당할 수 없는 중압감이다.

저 수준으론 마땅치 않다고 여긴다.

"보시기에 어떠신지요?"

"전문가에게 일임한다 하였네."

"예. 하면 시일이 오늘과 내일뿐이니 오늘부터 곁에 두심이 어떠신지요?"

"그리하지."

카일은 갤리언의 말을 모두 수용했다. 그 속을 좀 봐야겠다 싶어서 말이다.

"자리는 그만 파하도록 하라. 극단원들은 충분한 휴식을 취한 후 지정된 과업에 일임할 수 있도록."

카일은 그렇게 그들과의 대면을 끝냈다.

"단장님, 시간 안에 저들의 눈에 맞는 공연을 준비하는 게 가능하겠습니까?"

수석단원 코렐이 갤리언에게 물었다.

갤리언은 부드러운 표정 하나 없이 험상궂은 얼굴이었다.

"가능하냐를 물을 게 아니라 가능하게 만들 생각을 해야지. 이곳까지 와서 썩어 빠진 정신머리로 임할 것인가?"

"아, 아닙니다. 죄송합니다. 시간이 워낙 촉박한 탓에……. 알겠습니다. 그러면 주제는 무엇으로 하면 되겠습니까?"

"뭐로 하긴. 말은 백성들이 즐거워하고 어쩌고 뻔드르하게 했지만 결국 자신을 찬양하는 연극을 받아야 속이 편할 게야. 인간의 속성이 그래."

"하면 대중적 즐거움은 배제하고 작업합니까?"

"자네 왜 그러나? 긴장 많이 했어? 왜 갑자기 멍청한 질문들을 쏟아 내는 거야?"

"죄송합니다."

"바르테안들이 좋아할 만한 것 있잖아. 전쟁에서 이긴 이야기."

"전쟁이라 하시면……."

이번 전쟁을 말하는 것이다. 자신들이 무참히 패배한 바로 그 전쟁 말이다.

코렐의 입장에선 절대 입 밖으로 낼 수 없는 주제였다.

"우리가 나서서 우리의 패배를 비방하고 자신들의 승리를 찬양하면 아주 입이 귀에 걸릴 일이겠지. 안 그런가?"

"그, 그거야 그렇습니다만……. 그렇게 해도 될 일인지요."

"이보게, 코렐. 자네는 지금도 수양이 부족하구먼. 마음의 불꽃이 꺼지지 않는다면 바람이 좀 부는 것 따위는 길을 지남에 상관없는 일이네."

"상황을 모르는 다른 단원들을 다독여야 할 문제인데, 그게 하루 만에 가능할지 의문입니다."

"가능성을 따지지 말고 가능하게 하라니까!"

갤리언이 참지 못하고 버럭 소리를 질렀다.

평소 모질게 단원들을 교육하던 단장의 모습 그대로다.

"가! 움직여라! 시간 없다면서 언제까지 죽치고 있을 셈이야!"

"예, 예. 단장님. 알겠습니다."

코렐은 달리 할 말이 없어 고개를 숙였다.

"리사, 너는 잠시 남거라."

다른 수석단원들이 모두 나간 자리에 리사가 남았다.

지금 리사의 얼굴은 볼살이 붙고 눈은 단춧구멍처럼 오그라들어 있는 상태였다.

얼굴을 가리는 분장을 한 것이다.

"영주를 대면하자마자 분장을 한 사실을 밝혀야 한다."

"대면하자마자요? 좀 더 극적인 상황에 얼굴을 드러내는 것이 효과가 좋지 않을까요? 어차피 멀리 보기로 한 이상에요."

"우리가 멀리 본다고 기회가 계속 있다는 보장은 없다. 지금 얻은 한 톨의 기회로 그 기회를 연장시켜야 나가야 한다. 그리고 진실을 고백하는 것도 때를 놓치면 효과를 볼 수 없다. 네 분장술이 아무리 뛰어나다고 한들 마스터의 눈썰미를 언제까지나 속일 수 있을 거라고 생각해선 안 된다."

"음……. 네. 알겠어요. 그러면 어떤 자세로 고백을 할까요? 활짝 웃으며 모습을 드러내는 게 좋을까요?"

리사는 자신의 무기가 무엇인지 정확하게 알고 있다.

완벽한 비율의 몸매와 아름다운 얼굴. 특히 가지런하고 하얀 이를 드러내며 활짝 웃는 미소는, 지금까지 마음을 홀리지 못한 사내가 없을 정도의 강력한 필살기였다.

"평소라면 그것으로 충분했을 것이다. 하지만 지금은 신중해야 한다. 상대는 바르테안이고 마스터다. 바르테온 영주가 겉으로는 온후한 척하는 정책을 많이 펼치지만 가만히 들여다보면 그 심계가 아주 깊은 인간이다. 그리고 바르테온에선 거짓말을 혐오한다고 하니 자신만만한 태도는 절대 안 된다."

"그러면 잘못을 비는 태도로 해야 할까요?"

"그게 좋다. 그렇다고 너무 과하게 울거나 그럴 필요는 없다. 우리는 이곳에 오늘 처음 들어온 것이다. 바르테온에서 거짓을 얼마나 중죄로 다스리는지는 체감하지 못하는 상태임을 인지하고 있어야 해."

"알겠어요. 그렇게 할게요. 그러면 차라리 처음부터 분장을 풀고 본모습으로 갈게요."

"그것도 나쁘지 않은 방법이다. 가는 중에 기사 한둘 마주 보아 바르테안들의 취향은 어떤지 살피는 것도 좋겠구나."

"네. 그렇게 할게요."

"명심하거라. 네가 바르테온 영주의 눈에 들어야 한다. 그래야 길이 있어."

"예."

"너를 위해 기도하겠다."

갤리언이 먼저 고개를 숙이며 손을 모았다.

리사가 그 숙인 고개에 이마를 맞대었다.

갤리언은 짧지만 깊은 기도로 리사의 성공을 기원했다.

"감사합니다, 단장님. 다녀올게요."

리사는 그렇게 방문을 나와 지정된 자신의 숙소로 돌아왔다.

벽을 벽지로 마감한 귀족 저택 양식의 좋은 방이었다.

방 안에는 커다란 거울과 옷걸이도 따로 있었다.

"이 정도면 포로 대우가 좋긴 하네."

리사는 거울 앞에서 여러 겹으로 두껍게 덧칠한 분장을 지워 나갔다.

한꺼풀 분장을 지울 때마다 그녀의 화사한 미모가 드러

났다.

분장을 모두 지운 리사는 다시 화장을 했다.

과하게 하지 않는다. 본연의 미모를 북돋아 줄 정도만 해도 충분하다.

그후엔 손목과 팔목에 향료를 발랐다.

"귀걸이 정도는 하는 게 좋을 것 같기도 한데……. 에이, 하지 말자. 잘못을 먼저 고하는 자리라니까."

귀걸이와 목걸이 따위의 장신구는 일부러 하지 않았다.

미모가 조금 줄어드는 것 같았지만 그 부족한 정도는 자신의 빼어난 몸매로 충분히 보완하고도 남으리라 여겼다.

"이봐! 영주님께서 기다리시는 것을 몰라! 언제까지 시간을 끌 참이야!"

밖에서 대기 중인 기사가 닦달하는 소리가 들렸다.

"네, 나갈게요!"

리사는 말을 그렇게 하곤 거울을 한번 더 살폈다.

'꾸민 듯 안 꾸민 듯, 청초한 이미지. 딱 좋네. 거친 사내들은 이런 여자한테 맥을 못 추지.'

리사는 안으로 말고 있던 등과 구부정하게 접고 있던 허리를 쭉 폈다.

그러곤 골반을 뒤로 밀곤 뒤꿈치를 살짝 띄워 걸었다.

같은 옷이었지만, 자세를 바꾸는 것만으로 맵시가 완전히 뒤바뀌었다.

"이봐! 영주님께서 마차를 지급해 주신……. 허음."

또 한번 호통 치려던 기사가 문을 열고 나온 리사의 모습을 보곤 숨을 틱 집어 삼켰다.

"죄송해요, 기사님. 영주님을 처음 대면하는 자리에 좋은 모습으로 뵙고 싶은 욕심에 그만……."

"흠흠. 인상이, 이, 인상이 좀 많이 바뀐 것 같은데. 같은 사람 맞는 거요?"

"무슨 말씀을 그리 서운하게 하시나요. 지금까지 옆에 계속 계셔 주셨잖아요."

리사는 귀 뒤로 머리칼을 넘기며 턱을 당겼다. 그러곤 살짝 눈을 치켜뜨며 기사를 올려다봤다.

그 표정은 죄송한 듯, 웃는 듯 미묘했지만 화내려던 기운이 쭉 빠질 정도로 아름답다는 것은 분명했다.

"내가 좀. 흠. 사람 얼굴을 좀 잘 구분 못 하는 경향이 없지 않아 있소. 지난 전쟁에서 눈에 부상을 당한 이후에 더 좀 그렇게 되었지."

"어머. 그러시면 기사님도 전쟁에 참여한 용사님이시군요."

"흠흠. 뭐 용사까지는 아니고. 내가 영주님의 2열 뒤에서 열심히 싸우긴 했지. 2열이라고 아무나 들어갈 수 있는 자리는 아니오. 1열은 친위단원들이 들어가 있던 자리니까."

"무시라니요. 전혀 그렇게 생각하지 않았는걸요. 바르테온 사람들은 참 좋겠어요. 이렇게 듬직하고 멋진 기사님께서 철통같은 방어를 해 주시고 계시니까요."

"뭐, 그거야 영주님께서 백성들을 위하라, 이렇게 중심을 딱 잡아 주시고 우리 기사들의 사기를 늘 진작시켜 주니 가능한 것이지. 내가 대단한 것을 하는 것은 아니오."

"겸손하시기도 하셔라. 그러면 이만 가실까요? 저도 기사님의 무용담을 더 듣고 싶지만, 이 이상 영주님을 기다리시게 하면 안 될 듯해서요."

"어어— 그렇지. 내 정신 좀 봐. 어서 갑시다. 그 계단 조심하고."

기사는 몇 번이고 뒤를 돌아보며 계단을 내려갔다.

리사가 넘어질까 불안해서라기보다는 리사의 얼굴을 보려는 욕심이 빤히 읽히는 행동이었다.

리사는 그와 눈이 마주칠 때마다 수줍은 듯 은근히 고개를 숙여 보였다 하지만 마주치는 시선을 피하지는 않았다.

'바르테온 사내들도 별것 없네. 충분히 통하겠어. 바르테온 영주가 올 초만 해도 그렇게 방탕하게 지냈다고 하니 옛날 가락 어디 갔을 리도 없고. 낙승이지.'

리사는 두려움과 긴장보다는 자신감으로 걸음을 걸었다.

"자, 오르시오. 정강이 안 닿게 조심하고. 마차를 처음 타 보면 종종 마차 턱에 정강이를 부딪히거든."

기사가 마차 문을 열어 주며 말했다.

"감사해요. 바르테온 기사님들은 무뚝뚝한 줄 알았는데

그렇지도 않네요. 말씀이 참 다정하세요."

"밖에서는 우리더러 짐승이네 뭐네 하지만 우리도 순정이란 게 있소. 사내들 아니오."

"저도 이곳에서 살면서 그 순정, 꼭 경험해 보고 싶어요."

"어허허. 그리될 것이오. 자, 그러면 출발하겠소. 많이 흔들리지 않게 갈 테니 편히 있으시오."

기사는 뻔히 있는 마부에겐 눈길도 주지 않고는 직접 마부석으로 올라 고삐를 튕겼다.

마차는 다각다각 움직이기 시작했다.

닦달하던 것에 비하자면 느린 속도였다.

반대편 길목에서 그 마차를 보고 있던 사내가 건물 앞을 쓸고 있는 일꾼에게 배틀메시지를 보냈다.

―흐음. 이거 이대로 보고 올리면 저 자식은 목이 떨어지겠지?

―아마도?

―그런데 너는 얼굴 봤어? 어떻기에 저렇게 정신을 못 차려?

―나도 언뜻 보긴 했는데. 이쁘긴 이쁘더라.

―너도 정신 차려. 단장님께서 이런 모습 보셨으면 바로 문책이야.

―아, 어. 그래. 그렇지.

―빨리 대화록 받아 와. 취합해서 올려야 하니까.

―알았어.

일꾼으로 위장하고 있던 정보단원은 서둘러 대화록을 넘겼다.

그것을 받은 정보단원은 미모가 빼어나단 사실을 추가해 바르테온 관저로 보냈다.

마차가 움직이는 속도를 보건대, 그보다 늦게 도착할 리는 없다고 여겼다.

카일은 친위단에서 올라온 보고서를 훑었다.

이것만 가지고는 그들이 어떠한 계략을 가지고 거짓으로 투항했다는 확실한 증거는 되지 못한다.

자신들의 보신을 위해서 환심을 사기 위한 방책 정도로 해석해 줄 수도 있기 때문이다.

하지만 이 정도 대화만으로도 친위단에서는 촉각을 곤두세우기 충분하다. 그리고 그것을 말릴 이유도 없다.

"각별히 주의해야 할 정도로 미모가 빼어나다고?"

분명 추국장에서 면담을 할 때 그런 느낌은 받지 못했다.

그런데 친위단 예하의 정보단원이 허튼소리를 써 났을 리는 없다고 생각했다.

"영주님, 수석무희를 데리고 왔습니다."

방 밖에서 기사의 목소리가 들렸다. 문 앞에 시론이 서 있을 텐데 말이다.

"들어와라."

"예. 들어가겠습니다."

문이 열렸다. 기사가 문을 연 것이다. 그러곤 먼저 들어와 길을 터 주는 듯이 행동했다.

이건 안내가 아니라 수행을 하는 모양새다.

정식 친위단원은 아니지만 그 일을 받아 하는 예하 단원이면 사리분별을 할 줄 아는 이일 텐데, 이렇게 행동하나 싶었다.

"영주님을 뵈어 정식으로 인사드리겠습니다. 극단의 수석 무희 리사 히스트리아입니다."

'개연성이 있군.'

기사의 행동에 대한 이유로 충분한 미모였다.

"경은 나가 보도록."

"예, 영주님. 임무 마치고 복귀하겠습니다."

기사는 예를 취하고 나가면서도 리사에게 힐끗 눈인사를 했다.

그것 또한 이해할 만하다 할 정도로 리사의 미모는 불가항력적인 면모가 있었다.

"아까는 위장을 하였나 보군."

"송구합니다. 제가 평소 얼굴을 가리지 않으면 괜한 오해를 사는 경우가 많아 사람이 많은 곳에선 항상 위장을 하고 다니는 버릇이 있었습니다."

"지금은 하지 않았군."

"영주님을 모실 때는 본래 얼굴을 보여야 한다고 생각했습니다."

"이해하지. 그 정도 미모라면 괜한 일을 많이 겪었겠어."

"예. 이해해 주셔서 감사합니다."

"그러니 앞으로도 위장을 하고 다녔으면 좋겠군."

"예?"

리사는 순간 말을 먹었다.

자신과 눈을 맞추고 있는 카일의 얼굴에 별다른 표정 변화가 없다는 것부터 뭔가 잘못되었나 싶은 느낌이었는데, 얼굴을 가리고 있으라는 말은 정말 상상도 못 했기 때문이다.

"보아하니 자네는 자신의 미모를 확실히 사용할 줄 아는 것 같아서 말이야. 자네를 마주하는 다른 이들이 불편할까 싶어. 일의 능률이 떨어지는 일 아닌가."

"아…… 그것이……."

"아름다운 모습은 무대에 올라갈 때 비추어도 충분할 것 같아."

딱히 의도를 가지고 골탕 먹일 생각은 아니었다.

정말 기사들의 군기를 흘릴 만한 미모라서 말이다.

"일을 하러 왔으면 일을 해야지. 그렇게 하도록 해."

"네, 영주님 말씀이 그러시면 내일부턴 그렇게 하겠습니다."

"그래. 앉아 있도록 해."

카일은 자리를 권했고 리사는 그대로 자리에 앉았다.

시론이 돌아온 후부터 니켈 녀석은 관저 내에서 제멋대로 돌아다니고 있는지라 집무실엔 리사 혼자 자리를 채웠다.

카일은 리사를 의식하지 않고 자신의 업무를 보았다.

그 모습이 모르는 사람이 보면 가만히 눈을 감고 있는 것과 다르지 않다.

정무에 대한 모든 것이 머릿속에 들어 있고 그것에 대한 처리도 노드 시스템을 통해 머릿속에서 이루어지기 때문이다.

카일이 직접 펜을 드는 때는 다른 이들에게 보낼 설계도와 기록을 위한 문서를 작성할 때 정도이다.

그리고 지금은 고심할 게 많은 상황이다.

위그선과 관련된 것 하나만 해도 마나 수정, 내연기관, 석유 정제기 등등 굵직한 일감들이 쏟아진다.

거기에 추가로 엘프의 마나 운영에 대한 것까지 들어와 버렸다.

그것이 개인의 능력 성장으로 생각하면 전혀 급한 것이 아니지만, 엘프와의 관계 진작을 기준으로 생각하면 가장 급한 일이라고 봐도 좋다.

울드에게 순환 고리를 보여 준다고 약속한 때가 아무리 끌어도 신년식까지니, 그 전에 울드의 마나 운영술에 대한 웬만한 해석이 끝나 있어야 한다.

그래야 마나 주입로와 순환 고리의 상관관계를 크게 확장하여 울드를 매료시킬 수 있을 테니 말이다.

그런 오만 가지 생각들이 뒤엉켜 있는 상황이다 보니 자는 것처럼 보일 정도의 몰입 상태였고, 그만큼 리사를 의식하지 않는 형국이었다.

'명상을 하는 걸까? 아니면 그냥 조는 것일까? 딱히 아무 일도 하지 않아 보이는 것 같은데…….'

카일의 그런 모습을 한참 바라보고 있던 리사는 슬슬 눈치를 보며 기회를 잡아 보려고 했다.

외투를 벗어 둔 지는 이미 오래고 자세를 이리저리 고쳐 앉아 봤지만 관심을 받아야 하는 대상은 두 눈을 꼭 감고 미동도 하지 않고 있으니 뭐라도 해야 할 판이었다.

어차피 곁에서 살핀다는 충분한 명분을 가지고 있으니 말 몇 마디 거는 것이 어려운 일이라고 여길 건 없었다.

"저, 영주님, 지금 바쁘신 일이 없으시다면 몇 마디 질문을 드려도 될까요?"

리사는 최대한 사근사근한 목소리로 물으며 슬쩍 엉덩이를 들었다.

당연히 가까이 오라고 할 줄 알았던 것이다.

"바쁘다."

하지만 돌아온 대답은 냉담하게 딱 자르는 한마디였다.

그 어투가 딱히 적의가 담겨 있는 것은 아니었지만, 지극히 사무적인 것도 사실이었다.

그런데 지금까지 그런 사무적인 어투를 받아 본 적이 없던 리사는 그것이 냉담하게까지 느껴졌다.

전능하신
영주님

"저, 영주님? 혹시 제가 뭔가 실수라도 한 건가요?"

"바쁘다고. 기다려."

순환 고리의 흐름과 마나 대맥의 흐름을 교차 검증하고 있는 타이밍이었다.

대꾸를 해 줄 수 있는 상황이 아니라 그리 말했다.

리사는 갑자기 큰 혼란을 마주해야 했다. 이해할 수 없는 일이었기 때문이다.

지금까지 살면서 이런 대우는 처음이었다.

순간 화가 났다. 서운한 감정이 확 치밀어 오른 것이다.

앙탈스럽게 한마디 톡 쏘아 붙이면 금세 왜 그러냐며 할 사람이 자존심 싸움을 하나 싶었다.

"영주님, 제가 방해가 된다 하시면 먼저 나가 보겠습니다."

"기다리라고."

카일은 또 한번 짧게 말했다.

'그럼 그렇지. 같이 있고 싶으면서 자존심 부리기는.'

리사는 내심 피식 웃었다. 다시 마음이 여유 만만해졌다.

리사는 괜히 어깨를 펴고 다리를 모아 가며 카일이 눈을 뜨길 기다렸다.

리시가 지루함에 몸을 꼬다가 다시 한번 말을 붙이려 할 즈음, 카일이 눈을 떴다.

"내가 눈을 감고 있으면 집중하고 있는 것이니 채근하지 말도록."

"네."

"그래서, 왜 불렀나?"

"취재가 가능할까 해서 불러 보았어요."

"취재?"

"네. 영주님의 영웅적인 면모를 좀 더 세밀하게 담기 위해서요. 아니면 이런 건 꼭 극에 담아 달라거나 하는 말씀이 있을 수도 있고요."

리사는 과하게 허리를 꺾으며 카일에게 다가와 제멋대로 책상 옆까지 넘어왔다.

그나마 메이 정도만 어깨를 주물러 준다며 조심스럽게 넘어오지, 그 외의 누구도 함부로 넘나들지 못하는 선이었다. 비슈는 물론이고 레이첼조차도 말이다.

"내가 일일이 답을 줘야 하는 것이라면 수석이란 수식어가 필요한가 싶군."

"네?"

"내가 연극 하나 올리자고 시간을 쓰기엔 다른 일로 바쁘다는 말이야. 그 정도는 알아서 했으면 좋겠어."

카일은 마나로 물리력을 형성해 리사를 슬쩍 밀어냈다.

그녀가 전지함을 가리고 있던 탓이기도 했다.

카일은 전지 한 장을 꺼내 책상에 쫙 펼쳐 놓았다.

누름돌로 귀퉁이를 턱턱 고정해 두고는 펜을 들었다.

"뭐 해. 가서 앉아. 신경 사나워."

카일은 리사를 보지 않고 말했다. 다른 모든 이들에게 대하는 것과 다르지 않은 태도였지만 이런 경험을 처음해 보는 리사는 얼굴이 붉게 달아오를 지경이었다.

'일부러 이러는 건가? 아니, 그럴 이유가 없지 않나? 그냥 취하면 될걸. 아니면 따로 애인이라도 있는 건가? 그래도 그렇지! 대체 어떤 여자이길래 나를 마다해?'

리사는 머리가 뜨거워지는 것을 느끼며 자리로 돌아와 가만히 앉았다.

그러곤 카일을 뚫어져라 쳐다봤다.

적어도 그 정도는 관찰이라는 명목으로 충분히 할 수 있는 행동이었다.

사사삭-. 사사사삭.

하얀 전지 위로 펜촉 흐르는 소리가 쏟아졌다.

하지만 절도 있고 난잡하지 않은 박자였다.

똑 떨어지는 듣기 좋은 운율이라 빠른 노랫가락을 한 소절 붙이고 싶은 느낌이 들 정도였다.

리사는 대체 무슨 글을 쓰길래 이런 펜 소리가 날 수 있나 궁금하여 다시 엉덩이를 들썩였다.

'무슨 설계도 같은 건가? 그런데 대체 무슨 솜씨람?'

도안을 그리는 실력이 여간한 장인이라고 해도 따르지 못할 정도였다.

'하루 이틀 가지고 저런 실력이 나올 수가 없는데. 검술도 마스터라더니 어떻게 저런 설계 실력가지 갖춘 것이지?"

사내들치고 능숙한 것을 잘한다고 호들갑을 떨며 다가가면 싫어하는 사람을 보지 못했다.

리사는 그 궁금증을 있는 그대로 표출해 보자 싶었다.

"영주님, 어떻게 도안을 그리는 실력이 그렇게 뛰어나실 수가 있는 건가요? 참으로 대단하세요."

리사는 또 한번 화사하게 웃으며 테이블 옆으로 다가가려 했다.

하지만 이번엔 그 옆에 들어가기도 전에 밀려났다.

"말을 잘 못 알아듣는 타입인가?"

눈길조차 주지 않는 냉정한 어투였다.

"네, 네?"

리사는 그 어투가 뜨끔하여 목을 움츠렸다.

어떻게 대응을 해야 할지 순간 갈피를 잡지 못할 지경이었다.

"살피는 것은 좋으나 일하는 데 방해는 하지 말도록. 한 번 더 방해하면 인원을 교체하겠어."

리사는 입술을 꽉 깨물었다. 정말 그 말이 진심임을 느꼈기 때문이다.

태어나서 이런 식의 배척은 처음 경험해 보는 것이었다.

누군가에게 거절당해 본 적이 없을뿐더러, 무리한 요구도 최대한 기분을 상하지 않게 하려고 애쓰는 게 보일 정도의 언행으로 조심하려 했던 이들이 대부분이었다.

그런데 이게 무슨 꼴인가.

'설마 지금 공작을 하는 게 걸린 건가? 그럴 리가…… 그게 걸렸으면 지금 이렇게 그냥 두는 게 말이 안 되잖아.'

리사는 불안감에 손톱을 뜯으며 궁리했지만 마땅히 낼 만한 수를 가진 것은 아니었다.

지금은 그저 카일을 살피는 것밖에 할 게 없었다.

어떻게 해서든 카일의 눈길을 받을 방법을 찾아야만 했다.

그냥 눈 딱 감고 옷을 벗어 던질까 하는 생각마저 들었지만, 육탄돌격은 지금까지 한 번도 시도하지 않은 이론만 알고 있는 수단이라 감히 시도해 볼 엄두가 나지 않았다.

"시론, 이동하자."

카일이 일어났다. 리사는 깜짝 놀라 함께 일어났다.

"어디 가시나요?"

"현장에 나간다."

카일은 완성한 설계 도면을 적당히 접어서 갈무리하며 집무실 밖으로 나갔다.

리사도 얼른 외투를 걸쳐 입으며 카일을 쫓았다.

카일은 준비된 칸의 등에 올랐고 시론은 칸의 고삐를 쥐었다.

리사를 위한 마차 따위가 있을 리 없었다.

"저, 저는요!"

리사가 황급히 소리쳤다.

"말을 탈 줄 아나?"

"네. 탈 줄 알아요."

"시론, 무희와 같이 오도록 해라."

"알겠습니다."

카일은 앞서 말을 몰았다.

리사는 발을 동동 구르며 시론이 말을 데리고 오기를 기다렸다. 그리고 오래 걸리진 않았다.

"타시죠."

"그쪽은요?"

"저는 뛰어가면 됩니다."

"그래서 어느 세월에……."

"늦지 않을 겁니다."

시론은 고삐를 당겼다. 리사를 태운 말이 히잉 거칠게 투레질을 하며 바로 속도를 내기 시작했다.

시가지를 가로지르는 것인지라 전속력은 아니었지만 사람 달리기로 따를 수 있는 속도는 아니었다.

리사는 이만한 속도가 적응이 되지 않아 허벅지에 바짝 힘을 줘야 했다.

그럼에도 고삐를 쥔 시종은 숨 한 번 거칠게 내쉬는 것 없이 여유로워 보였다.

그렇게 도착한 곳은 쇳가루와 그을음이 가득한 대장간 거리였다.

그곳에서 리사는 카일에게 아무 말도 걸 수가 없었다.

설계를 토대로 대화를 하는 모습에서 말을 걸 틈을 노려 볼 수가 없었기 때문이다.

"드라칸에게 간다."

"예, 영주님."

카일은 뭐가 그리 급한지 바로 말을 달렸다.

"무희님, 타시죠. 이동하겠습니다."

"네, 네."

성 밖의 드워프 주둔지로 나갔다.

리사는 드워프에 잠깐 한눈을 팔기도 했지만 시간 대부분 은 카일을 지켜보는 데 할애했다. 하지만 그곳에서도 마찬 가지로 카일에게 말을 걸 틈은 찾지 못했다.

드워프들 틈바구니에서 직접 망치질까지 했기 때문이다.

그러다 그렇게 해가 저물었다. 일과 시간이 모두 끝난 것 이다.

그런데 카일은 아직도 드워프들 틈바구니에 있었다.

"저, 무희님, 일과가 끝났으니 먼저 퇴근하라시는데요."

시론이 와서 리사에게 말했다.

"에―?"

'이게 진짜 무슨 경우지?'

리사는 도저히 갈피를 잡을 수가 없었다.

리사가 단순히 타고난 미모만으로 공작 활동을 해 왔던 것은 아니다. 미인계에 활용되는 전반적인 기술들을 두루두루 공부했다.

그 공부들은 사내들을 유혹하는 어투와 몸짓, 행동들을 기본으로 했고 상대방의 표정과 행동, 어조를 읽어서 상대의 심리 상태를 파악하는 공부도 포함되어 있었다.

그리고 상대방의 행동에 따른 대응 방법과, 귀족들과 지적인 대화 수준이 맞아야 하기에 함양해야 할 기초 지식과 얕지만 넓은 전문 지식 또한 두루두루 공부했다.

물론 최후의 수단인 육탄 돌격 또한 지식적으로는 가지고 있다.

그러니까 미인계의 영역에서 절대 그 공부의 수준이 낮은 게 아니라는 뜻이다.

다만 지금까지 너무도 쉬운 난이도로 인해 그 공부들을 시험해 볼 경험이 없었달까.

그러다 보니 지금 이런 상황에 대한 대응이 퍼뜩 떠오르지 않았다.

"저기, 영주님께서 제가 마음이 안 드신대요?"

상황 대응이고 뭐고 속으로 생각해야 할 말이 그냥 입 밖으로 튀어나오는 수준이었다.

"그게 무슨 말씀이세요?"

"가라고 하니까요."

"가라는 게 아니라 퇴근하시라고요. 일과 시간 끝났잖아요."

"그러니까요."

시론은 리사의 말에 고개를 갸웃 기울였다. 무슨 말인지 이해를 못 한다는 투였다.

그런데 리사의 속은 시론이라고 해서 딱히 다른 게 아니었다.

시론도 자신에게 똑같이 무뚝뚝했기 때문이다.

"그러니까라고 끝날 게 아니라요. 나 같은 여자를 보면 같이 있고 싶고 그래야 되는 거 아니에요?"

"왜요?"

"네?"

"왜 그래야 되냐고요?"

"그, 그거야……."

리사는 차마 자신 입으로 이쁘다는 말까지는 할 수가 없었다.

"좋아요. 그래요. 그러면 어떤 여자여야 같이 있고 싶어지는데요?"

"지금 저한테 묻는 거 아니죠? 영주님 기준에서 묻는 거죠?"

"아, 네. 그래요. 영주님 기준에서요. 영주님은 어떤 여자를 좋아하는데요?"

"일 잘하는 여자요."

시론은 고민할 것도 없이 즉답했다.

"일이라뇨?"

"일이요, 일. 오늘 하루만 봐도 알 텐데요. 영주님께서 일을 사랑하신다는 거요."

"그래서요? 그래서 여자도 일 잘하는 여자를 좋아한다는 말이에요?"

"음─. 사실 여자인지는 중요하지 않은 것 같네요. 영주님은 일 잘하는 사람을 아끼세요. 그것에 남여 구분은 딱히 없어요."

"뭐, 그래요. 자기 분야에서 열심인 사람은 매력적인 법이죠. 그래서 누가 있는데요? 영주님께서 아끼는 여성분들이?"

"그게 왜 궁금하세요?"

시론이 대뜸 반문했다. 뭔가 경계심을 느낀 것이다.

"극을 만들기 위해서요. 어떤 극을 만들 때 주인공이 있잖아요. 그리고 여주인공이 빠질 수 없는 것이고요."

"아─. 기사전기에서 레이디가 빠지지 않는 것 같은 것 말이군요."

"그래요. 바로 그거예요. 레이디의 역할에 가장 잘 맞는 사람이 있지 않겠어요?"

"으음─. 그렇다고 하면 일단은 로살롯 영주님이시긴 한데……."

"한데……?"

"이번 신년식 행사 때 로살롯 영주님은 이름이 안 올라갔거든요. 대신에 비슈 단장님과 소피아 단원님이 올라가 있고요."

"비슈? 지금 비슈라고 했어요?"

"네. 아세요? 아ー, 아시겠구나. 같은 벤자르 출신이니까."

"지금 말을 들어 보면 그녀가 영주님과 아주 가까운 사이가 되어 있는 듯한 느낌인데, 맞나요?"

"음ー. 이걸 제가 말해 줘도 되는 건가 싶은데요. 잠시만요."

시론은 잠시 카일에게 다녀왔다.

"영주님께서 말해 줘도 된다고 하셨어요. 비슈 단장님은 지금 저택에 기거하시며 연구를 하세요. 영주님께서 가장 아끼시는 정무관 중 한 분이십니다."

"그렇군요. 그 가장 아낀다는 게 얼마나 아끼는 거죠? 그러니까 여성으로서 아끼는……. 애인이라든가 그런 느낌이 있나요? 그러니까 여주인공의 모델로 삼아도 되느냐는 시선에서 묻는 것이에요."

리사는 정신을 차리며 물었다.

방금 전까지 이론으로만 가지고 있던 공식들이 퍼뜩 떠오른 탓이다.

누군가 좋아하는 사람이 있어서 공략이 안 될 때는 그 좋아하는 사람을 모델로 삼아 따라 하는 것도 좋은 수단이 된다는 것이다.

"아니요. 그건 아닌 것 같은데요. 두 분이서 같은 방에서

며칠이고 밤을 지새운 적도 있었지만 그런 기색 하나 없이 일만 하셨는걸요.”

“그렇군요. 그러면 다른 분은 없나요? 저렇게 멋진 영주님이시다 보니 주변에 영주님을 사모하는 영애들이 상당할 듯한데요. 그중에 한 명 영주님 눈에 든 분이 없으려고요.”

“그렇다고 하면 로살롯 영주님이시긴 하죠.”

“로살롯 영주라고 하면……?”

“레이첼 로살롯 영주님요.”

“아……. 그렇군요. 두 분이 아주 가까운 사인가 보죠?”

“잘 모르시는 정무관님들이 그렇게 보시긴 하는데, 가까이서 모시는 제가 보기엔 그런 식으로 가까운 건 아니거든요.”

“그런 식이라면, 이성 간을 말하는 거죠?”

“네. 두 분은 최고의 파트너이자 전우이고 동료세요. 제가 볼 때는요.”

“그래요. 좋은 정보 감사해요. 극을 짤 때 아주 큰 도움이 되겠어요.”

리사는 속으로 아직 어린 네가 뭘 알겠냐 생각하며 대화를 이쯤 멈추었다.

레이첼이라는 단초만 있으면 나머지 정보를 모으는 것은 자신의 힘으로도 충분히 가능하기 때문이다.

“알겠습니다. 그럼 이만 퇴근하세요. 영주님께서 모셔다 드리라 했어요.”

"그런데 계속 있으면 안 되는 건가요?"

시론은 리사의 말에 카일을 힐끗 보았다.

여전히 망치질에 열중 중이다.

안 그래도 리사를 데려다주고 금일 야간 훈련은 참석하지 않는단 것까지 전파한 후에 퇴근하란 말을 들었던 차였다.

"영주님을 방해하지만 않으면 상관없긴 한데, 저도 이만 일과 종료하고 야간 훈련에 참여해야 해서요. 이 이후엔 제가 안내를 못 해 드려요."

"그런 거라면 괜찮아요. 길을 잃어버릴 만한 곳도 아닌걸요."

"그러세요, 그럼."

용무가 끝난 시론은 별다른 말을 하지 않고 먼저 자리를 떴다.

리사를 수많은 정무관 중 한 명쯤으로 여겼기 때문이다.

그렇게 혼자 남은 리사는 여러 가지 생각을 하며 카일을 주시했다.

저 남자를 어떻게 유혹할까에서 시작한 생각은 저 남자는 무엇을 좋아할까, 어떤 여자를 좋아하고, 어떤 취향을 가지고 있을까에 대한 생각들로 꼬리에 꼬리를 물고 이어졌다.

그렇게 오랜 시간 맞고 있던 찬 바람에 발끝이 시려 올 때쯤, 문득 그런 생각이 들었다.

"일을 진짜 좋아하는구나."

리사가 본 카일은 정말 일을 좋아하는 사람이란 느낌이다.

영주로서 직접 하지 않아도 될 일까지 저렇게 나서서, 그리고 저렇게 열정적으로 하고 있으니 주변에 있는 사람들까지도 그에 동화되어 가는 것이 보일 정도였다.

그러자니 일 잘하는 사람을 좋아한다는 말이 수긍이 되었고 일을 하러 왔으면 일을 하라는 말 또한 다른 의미 없이 일을 하란 말이었단 것도 이해하게 되었다.

그러자니 참 신기한 사람이구나 하는 생각이 들었다.

저만한 권력과 지위를 이미 이룩한 사람이 또 무엇을 위해서 저렇게 일을 열심히 할까 싶어서 말이다.

원래 사내들이 일을 하는 것은 높은 곳에 오르기 위해서이고 높은 곳에 오르고자 하는 것은 부와 권력, 미인을 얻기 위함이지 않나.

이미 이룰 것을 다 이룬 사람이 또 무엇을 이루려고 저렇게 열심히 할까.

과연 저 모습이 참인지 거짓인지.

지금까지 그와 다른 사내들만 보아 왔던 리사는 카일의 진심을 쉬이 들여다볼 수가 없었다.

카일은 자정이 다 되어 갈 즈음 관저로 돌아왔다.

흥에 겨워서 망치를 두드리다 보니 어느새 그리된 것이다.

물론 평범한 망치질이었다면 그렇게까지 집중할 순 없었을 것이다.

군다의 망치질. 쇠와 쇠를 붙이는 접쇠질을 배웠기에 시간 가는 줄 모르고 망치를 두들겼다.

그것 또한 드워프의 새로운 기술 하나를 습득하는 일이니 말이다.

"기본 마나 운용술을 우선 배포한 다음 적절히 시기를 맞춰서 대장장이들 전용 기술로 한번 배포해 볼까? 아니면 일정한 실적이 있는 대장장이들을 기준으로 포상식으로 내려도 되고."

카일은 오늘 얻은 기술도 이글루 박스에 저장하였다.

아직 자리 배치를 다 하지 못한 이글루 박스들이 많다.

이 쌓여 있는 박스들을 보고 있자니 둥지 가득 모은 도토리를 보는 다람쥐의 심정이 이럴까 싶다.

끼릭-. 좌아아-.

수도꼭지를 돌리니 차가운 물이 쏟아져 내렸다.

온천수용 수도꼭지에선 뜨거운 온천수가 쏟아졌다.

물 샐 틈 하나 없이 연결된 수도관은 제 기능을 똑바로 했다.

카일은 자기 전 세안을 하곤 상쾌한 기분으로 창문 밖을 보았다.

시선이 향하는 곳은 레온이 있는 곳이었다.

레온은 아직도 마나 주입 좌대 위에 올라가지 않은 채였다.

이제 정말 하루 남았다.

"레온, 이젠 늦었다. 지금 시점에선 좌대 위에 올라가도 시간 안에 덕을 보긴 어려울 거다."

그렇다고 자신이 가서 길을 내 준다면 그것은 지크에 대한 우대를 넘어선 뒷공작의 영역으로 넘어간다.

그리할 수 없고 그렇게 할 생각도 없다.

오늘 마스터가 못 된다고 해도 마나술이 전부 배포되고 나면 마스터에 등극할 수 있다고 믿기 때문이다.

당초 의도한 정치적 영향력은 많이 쪼그라들겠지만 부자는 망해도 3대를 간다는데, 바르테온의 지크가 겨우 그 정도로 휘청거리진 않을 것이다.

"이렇든 저렇든 네 몫이지. 마지막 하루, 잘해 봐라."

카일은 레온에게 들리지 않을 메시지를 전한 후 잠자리에 들었다.

그리고 레온은 그 순간 새로운 경지로의 실낱같은 맥을 잡고 있는 중이었다.

'지금 이것은 의지와 상관없는 운인가 아니면 만들어진 필연인가.'

레온이 처음 카일에게 마스터가 되라는 말을 들었을 때, 그 명령에 대한 이유가 불합리하다거나 부당하다고 생각하지 않았다.

그것이 옳다고 여겼다.

지크 일가의 레온이기 이전에 바르테온의 지크로서, 그와 같은 정무적인 판단이 개인적인 욕심보다 우선해야 된다는 것도 수긍했다.

다른 이들보다 우선해서 마나술을 전수받은 것도 아닌, 그 저 마나가 좀 더 잘 도는 자리에서 수련을 하는 것 정도였다.

각 가문마다 마나가 풍부한 수련지 정도야 하나씩 가지고 있기 마련이니, 좌대에 오르는 것을 영주 가문의 수련지를 배려받았다고 하는 것이 궁색하다 할 만한 변명은 아니다.

어차피 신년식이 지나고 공표될 마나 운용술에 비하면 이 정도 마나 수련지는 정말 큰 혜택이라고 할 것이 아닌 것도 분명했다.

하지만 도저히 마음이 그게 아니었다.

무슨 의도로 말한 것인지도 알고 그것이 정무적으로 옳은 판단인 것도 이해하고 향후 미래를 보았을 때 더 큰 바탕이 될 것인지도 다 아는데, 그것을 곧이 들을 마음이 생기지 않았다.

다른 이유가 아니었다.

지크라서 그랬다.

스스로 서는 지크이기에.

새로운 경지.

말 그대로 새로운 경지를 원했다.

기존의 바르테온식 마나 운용술로는 만족스럽지가 않았다.

그 어떠한 것이라 하여도 바르테온 일가에 종속되는 운용일 수밖에 없었다.

그래서야 스스로 서는 지크라고 할 수가 없었다.

그래서 궁리한 것이다.

앞으로 백년 천년 바르테온의 성세를 위해서, 그 어떠한 부침에도 중심을 지켜야 할 지크여야 하기에 궁리하고 또 궁리했다.

그러다 지금까지 보지 못한 빛을 보게 된 것이다.

'우연이라 생각하지 않는다. 내가 좌대에 올라 저 힘에 집중했다면 지금의 이 상서로운 힘을 발견할 수 있었겠나. 그러니 이것은 운이든 필연이든 상관없다. 이것이 나의 운명인 것이다. 나는 스스로 서는 지크의 레온이다.'

레온은 저 지상에서 느껴지는 빛을 향해 모든 의식을 보냈다.

그 빛은 지금까지 익히 알고 있던 마나의 흐름과 너무도 상이했고 그래서 신비했다.

마나를 불러들이지만 그것을 부리지 않는 흐름이었다.

억죄지 않는다고 해야 할까?

강제력으로 잡아 두지 않는다고 해도 비슷할 것이다.

그런데 마나가 그 빛무리에 조화를 이룬다.

풀려 나가지 않고 그 주변에 머물면서 빛에 힘을 얹어 주는 것이었다.

'이것은 분명 다르다. 지금까지 사람들이 알고 행하던 마나와는 근본적으로 달라.'

지금까지 익히고 수련했던 마나술은 하나같이 마나에 강제력을 부여하는 것이었다.

강하게 움켜쥐어 마나홀에 욱여넣고는 완전한 통제로 완벽하게 다루어야 제대로 된 마나술을 운영하는 것이라고 배웠고, 그렇게 익혀 왔다.

말하자면 견공을 단단한 목줄로 매어 훈련을 시키는 것 같은 일이다.

그런데 저 빛무리와 공조하고 있는 마나는 목줄로 표현될 강제력이 없었다.

강하게 옭아매지도 않았다.

그저 자유롭게 두었는데도 알아서 그 주변을 돌고 있는 것이다.

비유를 하자면 사람을 좋아하는 늑대가 알아서 곁에 머물며 지켜 주는 듯한 느낌이랄까.

그 확률이 너무도 희박한 일이지만 가능만 하다면 목줄에 묶인 견공보다 능동적으로 지켜 주는 늑대 쪽이 더 좋다.

아니, 더 좋을지 안 좋을지 확실히 모른다 치더라도 지금 레온의 입장에선 저것이 자신이 취할 길처럼 느껴졌다.

'오히려 지금이라서 다행이다. 내 경지가 조금이라도 얕았다면 저 신묘한 움직임을 미처 읽어 내지 못했을 것이고 지금보다 절박한 상황이 아니었다면 굳이 저것에 집중하려 하지 않았을 테지.'

레온은 몇 번이고 마음을 다잡았다.

솔직히 인간의 범주를 넘어선 카일의 모습을 보며 불안감이 아주 없지는 않았다.

어렸을 때부터 할아버지의 위명과 위업을 바라보며 자라 왔던 레온이다.

그런 할아버지의 세대가 저물고, 자신의 세대가 시작함에 있다.

자신 또한 할아버지의 위명에 누가 되지 않는 지크가 되고자 부단히 노력하고 수련했다.

그리하여 모자라지 않는 경지에 올랐다 여겼고 앞으로 이대로만 흘러간다면 자신 또한 할아버지가 이룩한 지크의 위명을 그대로 이어 갈 수 있을 거라 여겼다.

그런데 카일을 마주한 순간 그 믿음이 단번에 흔들렸다.

자신은 안 되겠구나.

자신의 능력과 역량으론 조부님과 같은 영향력을 만들 수 없겠구나. 그렇게 느낀 것이다.

하지만 그것이 나쁘다고만 할 일은 아니었다.

개인적으로는 아쉬울 줄 모르나 영지적으로 본다면 분명 축하하고 환영할 만한 일이었다.

좋은 군주를 모시는 것 또한 기사로서의 복이지 않나.

그래서 괜찮았고, 그렇기에 명받은 대로 열심히 일했다.

그런데 그 자신이 잘 보필하고자 마음먹은 영주님은 자신의 생각으로 가늠할 수 없는 행보를 하는 사람이었다.

뭐랄까.

같은 울타리 안에 있는 사람이 아니란 느낌이랄까.

울타리 밖에서, 한 계단 더 높은 곳에서 너희들 하는 일을 살피는 듯한 느낌이 강했다.

시일이 지날수록 그 느낌은 괜한 느낌이 아닌 확신으로 변모했고 이번에 마스터를 달성하란 명령을 들었을 땐 완벽히 깨달아 버렸다.

같이 묶일 수 없는 사람이구나.

같은 선상에 있을 수 없구나.

함께 영지를 운영하는 구성원으로서 나란히 있을 수 없구나.

자신 또한 다른 정무관들과 다르지 않구나.

지크의 이름이 자신의 대에서 완전히 곤두박질 쳤구나.

그렇게 느꼈다.

그래선 안 되었다.

울타리 밖으로 나가야 했다.

그렇다고 하여서 지금의 영주님과 같은 선상에 설 수야 없겠지만, 적어도 같은 울타리 안의 똑같은 양 취급을 받을 순 없었다.

최소한 주인과 함께 주인의 집으로 들어가는 양몰이 개 정도는 되어야 했다.

그래야, 카일이 무슨 일이 있을 때마다 자신의 조부님과 상의하는 것과 같은 관계를 자신 또한 이어 갈 수 있다.

레온은 지크로서 그와 같은 영향력을 포기할 수 없었다.

그것이 지크가 지크로서 스스로 서는 자란 증명이기 때문이다.

'신년식 전까지 달성하라 한 명령을 어긴다 하여도 누구도 넘보지 못할 새로운 확립을 이룬다면 그것이 영주님의 뜻에 더욱 부합하는 것이다. 그러니 시간에 초조해하지 말자. 조급해할 것 없다. 지금까지 쌓아 온 것을 믿자. 나는 충분한 재능으로 그 누구에게도 뒤지지 않는 노력을 해 왔다. 나는 가능하다.'

레온의 의식은 오로지 빛무리에 집중하여 완벽한 몰입의 단계에 들어갔다.

주변의 모든 것이 지워지고 빛무리 하나만 남게 되었다.

빛은 손 뻗어서 닿지 않을 사선 위에 있었다.

아무리 다가가려 한들 거리가 좁아지지 않았다.

물리적으로 닿을 수 있는 개념이 아니라 그렇다.

그 간격이 마스터의 문턱에서 결국 단계를 넘어서지 못하고 돌아 나왔을 때와 비슷했다.

그러니 의식이 가야 한다.

푸른 실로 형상화된 의식을 길게 뽑아 빛으로 보냈다.

그 가는 길에 검은 바람이 불어오고 어두운 대지가 울렁거렸다.

너울지는 파도를 타는 것이 이런 느낌일까 싶다.

하지만 거스르지 않는다.

너울이 높게 일면 그것에 의식을 맡기면 된다.

레온은 이겨 내려 하지 않고 순응하여 앞으로 나아갔다.

그런 레온의 대칭점에는 울드가 있었다.

울드는 지하에서부터 가느다랗게 이어져 오는 의식을 감지했다.

지금까지 바로 그 지점의 에이디아의 목소리를 듣는 데 집중했기 때문이다.

울드는 자신을 향해 오는 의식이 바르테온 대맥과 상관없는 의식이란 것을 알고 있었지만, 그것을 쳐 내거나 밀어낼 생각은 없었다.

그것은 그가 신관이라 그렇다.

모든 자연 만물의 목소리를 듣는 것이 엘프 신관의 존재 이유였고 그런 엘프 신관들 중에서도 울드는 유별난 원칙주의자였다.

에이디아의 목소리는 모든 자연 만물에 녹아 있고, 인간 또한 자연 만물 중 하나이니 지금 이 인간의 의식 안에 에이디아의 목소리가 담겨 있을지도 모르는 일이다.

"목소리는 듣는 자의 몫이니, 말하는 자가 아무리 외쳐도 듣는 자가 없으면 전하는 것이 없고, 아무 말을 하지 않아도 듣는 자가 읽어 들었다면 그 이치는 전해지는 바이다. 떨어지는 빗물 한 방울에도 이치가 있을진대, 이지를 가진 의식에 뜻이 없겠는가."

울드는 레온의 의식이 빛의 홀씨에 닿는 것을 막지 않았다.

✴

"모든 식순이 정리되었고 무대 준비 또한 완료되었습니다."

"무대 장치는 확인해 보았소?"

"오늘 새벽에 장치가 완성되는 것까지만 보았습니다. 드라칸의 말이 시현은 영주님께서 오면 그때 한다고 하셨습니다."

어제 카일은 자정이 되기 전에 망치를 놓았지만 군다는 계속해서 망치질을 했다.

전능학신
영주님

카일이 요구한 무대 장치를 설치하기 위해서였고 그것에 대한 행정 지원과 감독은 사사레의 몫이었다.

"이러나저러나 내가 가서 봐야겠군. 고생하셨소. 밤을 새 웠을 텐데 어서 가서 눈 붙이시오."

"예, 영주님. 신년식 행사 또한 중요한지라 시간이 있을 때 조금이라도 휴식을 취해 체력을 비축해 두겠습니다. 송구합니다."

"송구하기는. 밤새 고생하셨소."

카일은 사사레가 나간 후 새벽 중에도 끊이지 않고 들어온 보고서들을 줄줄이 확인했다.

친위단에서 들어온 것이 대부분이었는데, 그중 가장 높은 비율은 이번에 새로 유입된 극단원들에 대한 조사 보고였다.

"레이첼에 대한 정보가 없나? 레이첼 이야기가 많이 나오는구먼."

야간에 수집된 보고서에는 극단장과 리사가 레이첼에 대한 정보가 필요하다는 대화가 많았다.

당장의 테러나 대중 선동을 위한 작당 모의를 하는 것은 아니니 심각하게 여기지 않았다.

무고한 민중에게 위해가 갈 만한 일을 한다면 그때는 가차 없다.

자신에게 향해지는 화살이야, 어차피 위협이 되지 않으니 크게 신경 쓰지 않는다.

카일은 그 두툼하기만 한 보고서를 옆으로 밀어 냈다.

내일이 신년식이니 오늘은 최종 점검을 해야 한다.

개막 직전까지 뭘 그렇게 넣고 싶은 게 많아서 이것저것 넣었는지.

그러다 보니 정리가 안 되는 감이 없잖아 있긴 하다.

조금 어수선해도 보여 줄 게 넘치는 것이 비어 보이는 것보단 훨씬 낫다고 여긴다.

"영주님, 시론 실피드 입관하였습니다."

집무실 밖에서 시론의 목소리가 들렸다.

카일이 평소보다 일찍 일어난 탓에, 시론도 평소보다 서둘러 나왔다.

"서둘러 나왔구나."

"메이 시녀장이 깨워 주었습니다."

"괜한 짓을 했구먼."

"그렇지 않습니다."

"그러면 일어난 김에 나가자. 오늘은 확인할 게 많다."

"예, 영주님."

카일은 신년식의 주 무대가 설치되어 있는 중앙광장으로 이동했다.

군다와 드워프들이 밤샘 작업을 이어서 진행 중이었다.

주요 시설의 경우 사람들이 내부를 보지 못하도록 가림막을 설치해 둔 채다.

"기다리거라."

"예, 영주님."

카일은 시론을 두고 쇳소리가 흘러나오는 가림막 안으로 들어갔다.

"밤새 고생이 많아."

"아무리 생각해도 작정하고 부려 먹는 것 같다."

"나도 작정하고 도와줄 테니까 이번엔 좀 신경 좀 써 줘라. 친구 좋다는 게 뭐야."

"인간하고 친구 사이가 되는 드워프는 없다."

"나는 인간이 아니라 별의 사자니까 괜찮잖아."

"패행! 간교하게 혓바닥을 놀리는 걸 보면 영락없는 인간이다."

군다는 코 한번 풀고는 망치로 쇳덩이를 때렸다.

튀어 오른 불꽃이 불쏘시개에 불을 붙였다.

카일은 마나를 더해 화력을 보충해 줬다.

거칠게 타오른 불꽃이 수증기를 만들었다. 압력 게이지의 바늘이 축축 치고 오른다.

"한번 움직여 봐라. 기똥찰 거다."

"먼저 시험해 본 거냐?"

"해 봐야 알겠냐? 딱 나온 거 보면 알지."

"거야 그렇지."

카일은 마주 웃으며 벨브를 돌렸다.

푸쉬이이- 증기 빠지는 소리와 함께 꾸드드득 쇠기둥 밀려나는 소리가 이어졌다.

　　쇠기둥이 받치고 있던 석상이 그에 맞춰 움직였다.

　　"좋네. 좋아."

　　세밀한 움직임은 아니었지만 석상 자체가 워낙 큰 크기라 기울어지는 모습만 해도 가슴을 울리게 하는 뭔가가 있었다.

　　마나가 사용되지 않은 힘이기 때문이다.

　　"다른 것들은?"

　　"내가 몸뚱이를 반으로 나눠야 성이 찰 참이냐?"

　　"아, 미안. 워낙 잘 나와서 그랬다. 시간 없었지? 지금부터 작업할 거냐? 밥은? 소라도 좀 잡아 줄까?"

　　"푸짐하게 내와 봐라."

　　"알았다. 일하는 데 기운 안 빠지게 평소보다 더 넉넉히 챙기라고 하마. 그럼 식사 준비될 때까지 조금 만지고 있자. 멍하니 있으면 뭐 하겠어."

　　카일은 소매를 쓱 걷어 올리곤 다시 망치를 쥐었다.

　　모든 설계가 카일의 머리에서 나온 것이니 일에 대한 설명을 들을 필요는 없었다.

　　그렇게 한참 작업을 하던 중 공식적인 일과 시작 시간이 되었다.

　　"영주님, 식사가 준비되었습니다."

　　"그래? 군다, 밥 먹고 하자. 식사 준비됐단다!"

카일이 먼저 망치를 내려놓았다.

어젯밤에 인간보다 먼저 망치를 내려놓을 드워프는 없다는 말을 들었던 탓이다.

휘장 밖으로 나가니 연달아 이어 붙은 테이블 위로 푸짐한 고기 요리가 즐비하게 깔려 있었다.

독한 술을 먹는 드워프들에게 맥주 정도는 음료수이니 빼라 할 게 없다.

"니켈, 농땡이 칠 거냐!"

카일이 멀찍이서 빈둥거리는 니켈을 불렀다.

"왜요? 이제 할 일도 없는데……."

"할 일이 있고 없고는 내가 결정하지. 통 좀 적당히 얼려라."

"네?"

"맥주통 말이다. 살얼음 살짝 끼게 얼려 봐. 그래야 목이 트이지."

"우와! 이건 좀 너무하신 거 아니에요? 제가 그래도 명색이 멜파……."

"까불다 허파 터져 볼래?"

카일은 빙긋이 웃으며 말했다. 반농담이다. 물론 반진담이기도 했다.

"진짜 너무 두서없이 부려 먹으신다-."

니켈은 잔뜩 투덜거리며 맥주통에 냉기를 뿜었다.

왁자지껄한 식사가 이어지던 도중 리사가 현장에 도착
했다.

"하우우−. 영주님, 여기 계셨네요."

"수석무희인가?"

어제의 미모가 한참이나 가려진 얼굴이었지만 카일은 그
녀를 단번에 알아봤다.

"네."

"그래, 아침 먹었나?"

"아니요. 시간이 넉넉지 않아 미처 챙기지 못했어요."

"그럼 아무 데나 빈자리 앉아. 먹을 때 같이 먹어야지."

카일은 특별할 것 없는 어투로 말했다.

리사도 이번엔 카일의 말에서 의미를 찾으려 하지 않았다.

✤

"진짜 쉬질 않는구나……."

점심쯤이 지난 상황에서 리사는 어떠한 확신이 들었다.

카일이 일 그 자체를 사랑한다는 것이었다.

자신이 직접 하지 않고는 못 배기는 그런 사람.

무언가를 성취하고 이뤄 내는 행위 자체를 즐기는 사람.

모든 생각과 행동이 그것에 도움이 되는 것들로 가득 차
있는 사람.

일중독자, 워커홀릭.

공략 대상으로서 가장 어려운 유형이었다.

차라리 다른 사랑하는 사람이 있는 경우가 훨씬 쉽다.

그런 목표의 경우 그 상대에 대한 실망감이나 아쉬움이 있을 때 공략을 한다거나, 그가 좋아하는 사람을 모방하여 상대에게서 얻지 못하고 있는 만족감을 대신 채워 주는 방식으로 공략하면 된다.

그리고 리사는 그런 방법에서 아주 강력한 무기를 가지고 있는 셈이었다.

그런데 경쟁해야 하는 대상이 일이다?

이거 골치 아프다. 아니 힘들다.

사람과 친해지는 방식 중 가장 간단하면서 쉬운 것이 공통의 관심사를 가지며 그것에 대한 대화를 하는 것이다.

그러니 카일과 친해지려거든 일을 가지고 대화를 해야 한다는 거다.

첫 대화를 트기 위한 주제가 아니라 모든 대화를 일에 중심을 두고 진행해야 한다는 거다.

즉, 자신도 일을 해야 한다는 뜻이다.

차라리 도박 중독자면 같이 도박이라도 하면서 놀지.

이건 영락없이 한겨울에 뒤꽁무니 쫓아다니면서 일을 해야 하게 생겼다.

"이봐. 수석무희."

카일이 리사를 불렀다. 리사는 갑작스러운 호명에 깜짝 놀라 새된 소리로 예— 대답했다.

"뭘 그리 놀라? 농땡이 피우고 있었구먼."

"아, 아니에요. 생각할 게 있어서⋯⋯."

"연극 구상했나?"

"아, 네. 네. 그래요. 무대 구상을 했어요."

"나도 고작해야 하루 만에 대단한 연극이 나올 거라곤 생각 안 해. 그냥 벤자르에서 하던 연극을 바르테온식으로 맞춰서 올리기만 해도 당장은 만족한단 말이야. 우리 바르테온엔 마땅한 연극이란 게 없거든."

"네. 무슨 말씀인지 이해했어요. 그 정도는 얼마든지 준비할 수 있고 충분히 가능해요. 지금도 단장님께서 극을 짜고 계실 거예요."

"그래서 말인데, 슬슬 확인은 한번 해야 하지 않나 해서. 사전 공연이라고 하지? 정식 무대 오르기 전에 확인해 보는 것 말이야."

"네. 맞아요. 시연극요."

"그래, 그거. 열연까진 아니더라도 대충 어떻게 된다~ 정도는 내가 확인을 해야 하지 않겠어? 당장 내일이 식인데."

"지금 당장 극을 올리라는 말씀이신가요?"

"지금 당장은 아니더라도 오늘 내에는 확인을 해 봐야지. 일몰 시간쯤 해서 말이야. 해 떨어지기 전이랑 해가 떨어진 이후에 걸쳐서 확인을 하는 게 좋지 않겠어? 야간 공연도 하니 조명 확인도 필요할 텐데."

"아―. 네. 맞아요. 야간 공연을 할 때는 특히 조명을 많이 신경 써야 하거든요."

리사는 얼른 대답하면서도 내심 놀랐다.

보통 권력자들이 공연에 대해 생각하면 공연의 내용, 즉 자신이 얼마나 멋지게 나오는지에 대해서만 생각하는 편이다.

관심이 좀 있는 사람들이나 무대를 좀 더 화려하게 꾸며라, 소품용 갑옷과 무기를 진짜로 써라 하는 정도다.

그런데 야간 공연에서의 조명 확인이라니.

이건 무대 연출을 하는 극단원이 아니면 챙기기 어려운 부분이었다.

"무대 크기에 맞춰 동선도 봐야 할 것이고. 너무 좁다 싶으면 어느 정도는 확장해 줄 수 있다. 시간이 있어야 하니 그만큼 일찍 확인이 되어야겠지."

"아―. 네, 맞는 말씀이세요."

"날 살피는 건 이쯤 하고 오후에 확인할 수 있게 준비하도록."

"알겠습니다. 저, 그런데요. 영주님께선 혹시 연극에도 조예가 있으신가요?"

"바르테온엔 연극이 없다니까. 조예가 있을 리가."

"무대 조명까지 신경을 쓰시길래 조예가 있으신가 하여 여쫘봤어요."

"그야 이치를 따지면 닿을 수 있는 생각이지."

"그게 어디 쉽나요. 정말 대단하세요."

"뭐 대단하다고. 영양가 없는 말은 그만하지. 할 일 많아. 일하자고."

"아, 네. 일할게요. 일요."

"그래. 이제야 좀 눈동자에 생기가 도는구먼. 좋은 무대 기대하지."

카일은 누구나에게 해 주는 별것 없는 응원 한마디 해 주곤 다시 자신의 일을 하러 이동했다.

그런데 그 말에 리사의 심장은 쿵쿵 약동하는 중이었다.

'찾았다. 역시 일이었어. 일 잘하는 여자를 좋아한다더니, 정말 일만 잘하면 사람이 이렇게 대우가 달라지는구나.'

일 안 하고 빈둥거리는 듯한 인식이었을 때는 아주 냉담하기가 얼음장 같더니 일을 한다 하니 저렇게 따뜻한 말을 해 주는 걸 봐라.

'어려운 타입인 줄 알았더니 딱히 그렇지도 않겠어. 얼른 움직이자!'

리사는 일이 잘될 것 같은 설렘을 느꼈다. 그러자니 얼굴에 미소가 감돈다.

아무리 분장으로 미모를 가려 두었다곤 하나 엉망인 수준까지 분장을 한 것은 아니었다.

그 정도만 해도 사람 곱다 소리 들을 외모였는데, 이리 화사하게 웃으니 주변인들의 시선이 알게 모르게 모여들었다.

하지만 리사에겐 다른 사내들의 시선 따윈 눈에 들어오지도 않았다.

온통 카일의 눈길을 사로잡을 수 있는 확실한 방법을 찾았다는 생각뿐이었다.

"담당기사님, 전 이만 극단에 돌아가 봐야겠어요. 영주님 명령을 따라야 하거든요."

"네, 그러세요."

리사는 달뜬 얼굴로 시론에게 인사하곤 서둘러 극단으로 복귀했다.

그런 그녀를 갤리언이 반기며 맞아들였다.

"단장님!"

"뭔가 좋은 일이 있는 겐가?"

"네, 확실히 찾았어요. 확실해요."

"공략의 답을 찾았다는 거지?"

갤리언은 어제 늦은 시간까지 리사와 함께 카일 공략에 대해 궁리했었다.

쉬운 상대가 아니라는 생각에 속이 답답해져 있는 차였는데 리사가 좋은 소식을 가져온 듯했다.

"네. 그 사람은 일을 좋아해요. 그리고 일 잘하는 사람을 좋아하는 게 확실해요. 나 스스로를 빛나게 만들면 알아서

날 좋아하게 될 사람이에요."

리사는 자신이 찾은 정답을 신이 나서 풀어놓았다.

그런데 갤리언의 팍 김이 빠진 얼굴이었다.

"리사, 그것만으로는 경쟁이 되지 못한다. 지금 영주 근처에 그런 식으로 일 잘하는 여자가 어디 한둘이냐. 그 이상의 방법으로 친밀감을 형성해야 내밀해질 수 있어."

"당연히 그렇겠죠. 로살롯 영주도 그렇고 비슈도 그렇고. 제가 제 일을 잘해도 그 경쟁자들 사이에 들어가는 것일 거예요. 그런데 일을 제대로 못하면 그 무대에 오르지도 못해요. 주인공이 되는 것도 일단 무대에 오른 다음이잖아요."

"정녕 너에게 눈길 하나, 한 톨의 욕심 하나 내지 않았다는 말을 나는 도저히 믿기가 어려워."

"아니에요. 느꼈어요. 이번에 확 느낌이 왔어요. 제가 연극에 대해서 말하니까 대번 수고해라, 기대한다 응원을 해 주더라고요. 우선 무대에 올라야 돼요. 내 분야에서 내가 정말 멋진 사람이란 걸 확실하게 보여 주면 관심이 저에게 올 거예요. 그런 것이라면 제가 따로 노력할 게 없을 정도로 빼어나잖아요."

리사는 무희다. 그것도 수석무희다.

그 수석무희라는 자리를 단지 얼굴과 몸매만으로 꿰찬 것은 아니다.

리사는 아주 어릴 때부터 무희 수련을 받았고 2차 성징이

오기 전부터 수석무희감으로 낙점된 기대주였다.

리사의 미모가 지금처럼 완전히 개화한 것 또한 수석무희가 된 다음이었다.

오히려 리사는 스스로 자신의 외형 때문에 노래와 춤 실력이 빛을 보지 못한다고 아쉬워할 정도였다.

"제 가무가 절대 부족하지 않잖아요. 그 사람은 얼굴에 현혹되는 사람이 아니까, 순수하게 제 능력을 먼저 봐 줄 거라고 봐요. 그러면 제가 얼굴만 믿고 실력을 갈고닦지 않은 그런 반푼이가 아니란 걸 제대로 알아봐 주지 않겠어요? 저에게 반하게 되는 반전 매력이 되는 거죠."

얼굴만 믿고 노력하지 않는 반푼이.

그녀를 질투했던 다른 경쟁자들이 하나같이 했던 말이었다.

그 말이 악의에 찬 비방인 줄도 알고 있었지만 듣는 리사의 마음엔 바늘이 되어 박힌 것도 사실이었다.

그리고 스스로 자신의 가무 실력이 압도적으로 뛰어나다는 자신감이 없었기에 그런 비난에 영향을 더 크게 받은 것도 있었다.

그래서 더 열심히 가무에 매진했고 지금은 그녀의 실력을 두고 얼굴 덕을 봤다고 하는 사람은 없다.

"그래서 말인데 작전을 수정하는 게 좋을 것 같아요."

"어떤 식으로?"

"원래는 무대에서 가장 화사하고 아름다운 모습으로 등장하는 거였잖아요. 그런데 그게 아니에요. 그게 아니라 허름하고 초라한 분장을 하고 나가는 게 맞을 것 같아요. 그 상태에서 노래와 춤만으로 승부를 보는 거예요. 내가 이만큼 실력 있다, 이걸 보여 주는 거죠."

"그게 통하겠어? 사내라면 당연히 시각적인 것에 자극이 우선될 텐데."

"아니요. 확신해요. 제가 분명히 느꼈어요. 여자의 촉이란 게 있잖아요. 그 사람은 얼굴보다 실력. 실력으로 우선 눈에 들어야 돼요. 그다음 얼굴이에요. 이번 한번 저 믿어 보세요. 지금까지 제 촉이 틀린 적이 없잖아요."

리사는 확신에 찬 눈으로 확언했다.

리사가 이렇게까지 이야기를 하니 갤리언도 반대 의견을 내기가 애매했다.

"그래. 어차피 이번 한 번만 기회가 있는 건 아닐 테니. 들어 보니 정책적으로 공연을 장려하려는 눈치 같더라. 이번엔 네 말대로 해 보고 안 되면 다음엔 또 다르게 해 보면 되는 거지."

"맞아요. 연극의 평이 좋으면 또 기회가 있을 거고요. 우리 얼른 준비해요. 그 사람이 일몰 시간에 걸쳐서 시연극을 보고 싶다고 했어요. 해가 떨어진 다음엔 야간 조명까지 신경을 써야 한다면서요. 후훗. 영주답지 않게 세심하죠? 아주 웃겼다니까요."

"그래. 알겠다. 일단 시간이 없으니 빨리 맞춰 보도록 하자."

"네. 그럼 무희들 소집할게요!"

리사가 달뜬 목소리로 무희들을 불러들였다.

갤리언은 그런 리사를 보며 괜히 좀 찜찜한 기분이 들었다.

너무 들떠 하는 것 같아 보여서 말이다.

하지만 위험한 임무를 수행하는데 그 정도 활력은 있는 게 낫다는 생각에 지적하지 않기로 했다.

�֍

일과 시간이 끝날 즈음 시연극이 준비되었다.

"시작해라."

카일 앞에 준비단 연극이 펼쳐졌다.

내용은 카일이 강에서 신비한 베틀을 발견한 것으로 시작되었다.

그 베틀은 하루에 수십 벌의 옷을 짜내는 대단한 베틀이었고, 그 베틀을 통해 헐벗은 백성들에게 좋은 옷을 입히고자 재봉사들을 모으는 내용으로 흘러갔다.

'11단의 창단 신화쯤이라고 보면 좋겠군. 짧은 시간에 이

렇게까지 준비하다니. 가락이 아주 없진 않아.'

카일은 내심 흡족했다.

그들이 다른 꿍꿍이를 하고 있는 것과 상관없이 저들이 만든 결과물은 바르테온 백성들에 즐거움을 선사할 것이기 때문이다.

재봉사 역할의 무희들이 재봉을 하는 모습을 춤과 노래로 표현한 덕에 볼거리도 충분하다 싶었다.

그리고 클라이맥스엔 재봉사 역할의 여무희들과 옷을 받은 백성 역할의 모든 단원들이 함께 나와 춤과 노래로 열연을 펼쳤는데, 음악이 없었음에도 퍽 마음에 닿는 무언가가 있었다.

"이렇게 준비하였습니다. 보시기에 어떠신지요?"

"흡족하군. 조사할 시간이 얼마 없었을 텐데, 11단에 대한 이야기를 이렇게까지 준비하다니."

"바르테온에서 만든 의복은 벤자르에 있을 때부터 참 좋다고 느꼈던 참이었습니다. 관심을 두고 있었던 것이라 일이 크게 어렵지 않았습니다."

"좋아. 당장 흠잡을 게 없군. 극은 이것 하나인가?"

"예. 당장은 이것 하나입니다."

"다른 것도 좀 더 준비하도록 해 봐. 지원은 아끼지 않도록 하지."

"높이 사 주셔서 감사합니다. 혹여나, 추가로 지적하실 사항은 없으신지요? 말씀을 주시면 바로 반영하겠습니다."

"소품이 말이야. 마지막 클라이맥스 무대에서 다 같이 입은 옷이 좀 더 좋은 옷이었으면 좋겠군."

"송구합니다. 그 부분은 저희가 미처 옷을 구하지 못하여 그리되었습니다."

"알아. 그러니 내가 신경을 써 줘야지. 단장은 극을 마무리 짓도록 해. 리사."

카일이 무대의 리사를 불렀다.

다른 무희들과 똑같은 얼굴로 통일성 있게 분장을 하고 있었음에도 단번에 리사를 지목했다.

"네, 영주님!"

리사는 속으로 즐거움의 환호성을 지르며 대답했다. 그 즐거움이 겉으로 대번 드러났다.

"좋은 무대였다. 이 극과 연결되어서 소개시켜 줄 사람이 있으니 오늘은 야간 근무까지 수고해야겠어."

"물론이죠! 당연히요! 저는 밤샘 연습도 매번 했는걸요!"

"그러면 정리하고 다시 오도록."

카일이 장내를 비웠다.

리사는 뽀르르 갤리언에게 다가갔다.

"봐요, 단장님. 내가 통한다고 했죠? 어제는 그냥 퇴근하라고 하더니 지금은 불러들이잖아요."

"그래. 그런 것 같긴 하다."

"그런 것 같긴 한 게 아니라, 그런 거라니까요. 제 추측이 확실해요. 히히. 자기가 튕겨 봤자 사내지. 사내가 날 안 쳐다보는 게 말이 되겠어요? 그럼 단장님, 저는 먼저 영주님께 가 볼게요. 오늘 밤에 아주 나에게 푹 빠지게 만들 거예요."

"그래. 그리해라."

리사가 카일을 쫓아 자리를 떠났다.

갤리언의 시선이 그런 리사의 등에서 쉬이 떨어지지 않았다.

아무리 생각해도 너무 들떠 보인다 싶었기 때문이었다.

＊

"소피아, 여기는 리사다. 소문은 들어서 알겠지?"

"소문요? 죄송합니다. 제가 작업실에만 있어서 들은 게 없습니다."

"그런가? 하긴 그러하겠군."

리사는 소피아라는 이름에 눈을 반짝였다.

시론이 말했던 이름 중 하나였기 때문이다.

"이번 신년식에 연극을 할 극단원들이야. 11단을 주제로 한 극을 준비했더군. 네가 협조를 좀 해 줬으면 좋겠어."

'역시-. 이렇게 친절하게 대해 주는 걸 보면 이 여자도 연

전능하신
영주님

인 중에 한 명인 게 분명해.'

"네, 알겠습니다."

"리사, 여기는 총괄 디자이너인 소피아다. 장차 앞으로 우리 바르테온의 모든 복식의 기준을 잡을 귀한 인재다."

"만나 뵙게 되어 영광이에요. 저는 극단의 무희 리사라고 합니다."

소피아에게 인사를 하는 리사는 일부러 수석이란 단어와 자신의 성을 뺐다.

최대한 경계심을 주지 않기 위해서였다.

"네, 반갑습니다."

그에 반해 소피아는 짧게 인사했다.

피곤했기 때문이다.

그간 카일이 가르쳐 준 양생법을 수련하긴 했지만 그 얼마간 수련한다고 해서 갑자기 활력이 샘솟을 리는 없다.

일을 쉬는 것도 아니고 말이다.

"많이 피곤해 보이는군."

"내일 오전까지 풀 코튼 메일을 전부 보내야 해서요. 일이 조금 많은 편입니다."

"밤늦게까지 불이 켜져 있는 것을 보았어. 내일까지만 고생 좀 하자고. 그다음엔 후한 상을 줄 테니."

카일이 소피아의 어깨에 손을 올렸다. 그러곤 마나를 불어 넣어 활력을 돋아 줬다.

리사가 눈을 부릅떴다.

'지금 마나 주입을 해 준 건가? 그건 친족들이나 가능한 걸 텐데. 설마 이 여자가 이복형제…… 아니지. 아니야! 그럴 리는 없을 거야. 그냥 마스터라서 가능하다고 보는 게 더 맞아. 아니, 그렇다고 해도 마나 주입을 이렇게 아무렇지 않게 해 준다고? 내가 보고 있는데도?'

리사의 생각이 마구 복잡해지는 순이었다.

"자, 서로 바쁜 사람 오래 붙들고 있을 건 없지. 소피아, 리사가 극에 있어서는 너만큼이나 감각이 있으니 시간을 오래 빼앗지는 않을 거야. 리사, 방해되지 않게 잘 협조받고 돌아가도록 해."

"예, 영주님."

"네. 그러하겠습니다."

카일은 나가라 하였고 둘은 함께 카일의 집무실을 나왔다.

소피아는 말없이 11단 본부를 향해 걸었다.

그 뒤를 따르는 리사는 소피아의 걸음걸이와 뒤태를 유심히 살폈다.

무희로서 습관적인 행동이었다.

하지만 머릿속엔 또 다른 단어가 틀어박혀 있는 중이었다.

너만큼이나.

너만큼이나 감각이 있다는 말.

'너만큼이나…… 내가 이 여자보다 아래에 있다는 거잖

아. 내 춤과 노래를 보고 나를 이렇게 찾을 정도였으면서. 대체 이 여자는 뭐가 얼마나 특별하길래 나를 그렇게 아래로 까는 거지?'

솔직한 질투의 감정이었다.

리사는 지금까지 어느 남자에게서도 후순위가 되었던 적이 없었다.

변변찮은 것들은 눈웃음 한 번이면 오장육부를 내놓을 것처럼 행동했고 이름난 귀족도 자신을 한 번 품어 보고자 온갖 사탕발림에 무릎을 꿇고 손등에 입을 맞추기까지 했었다.

그들의 영애들에게선 시기와 질투가 아닌 절망과 선망의 시선을 받았다.

리사는 스스로 자신이 완성되었다 여긴 이후 다른 여인에게 이런 무심한 시선을 받아 본 적이 없었다.

"어떤 협조를 하면 되는 거죠?"

소피아가 11단 본부 앞에서 물었다.

고저 없이 아무래도 좋다는 어투. 명령이니 들어줄 뿐 귀찮은 상대를 대하는 듯한 눈빛.

리사는 속으로 열이 뻗쳐올랐지만 그것을 겉으로 드러내지 않을 만큼 연기 실력이 좋았다.

"무대 소품으로 쓸 의류 지원을 받으면 좋겠어요. 영주님께서 무대를 아주 칭찬해 주셨거든요."

"아-. 그런가요? 그냥 옷만 내어주면 되겠네요."

소피아는 다시 뒤돌았다.

"작업실까진 안 올라가도 될 것 같아요."

"알겠습니다. 그럼 수고하십시오."

"예, 기사님도요."

기사가 소피아에게 정중히 고개를 숙였다.

그 모습도 리사의 눈에 고스란히 담겼다.

"들어오세요. 챙겨 드릴게요."

소피아는 리사와 함께 1층으로 들어갔다.

리사는 그 안에 펼쳐진 수많은 드레스를 보며 침을 꼴깍 삼켰다.

지금까지 벤자르에 유통된 옷들도 나름 품질이 좋아 보인다 했는데, 여기 있는 드레스들에 비하면 죄다 걸레 쪼가리처럼 느껴질 정도였다.

'이렇게 화려한 드레스라니. 바르테온에서 이런 옷을 만든다고? 말도 안 돼!'

드레스가 화려한 것으로 따지면 아슬란이 최고인 줄 알았는데 아슬란 양식의 드레스도 비교할 바가 아니었다.

입어 보고 싶은 욕심이 치솟아 올랐다.

그리고 입어 볼 명분이 없는 것도 아니었다.

"총 몇 벌이 필요한 거죠? 이 정도면 되나요? 한 50벌 되는데."

"네, 네. 뭐 그 정도면 충분해요."

"혼자 들고 갈 수 없죠? 기사님-."

"아, 잠시만요. 잠시만."

"왜 그러시죠?"

"극중에는 귀족의 배역들도 있거든요. 그런데 저희는 바르테온 양식의 귀족 의복을 가지고 있지 못해요. 그에 대한 것도 지원받을 수 있을까요?"

"알겠어요. 정확하게 어떤 복장이 필요하죠?"

"영주님 역할을 하는 배역이 입을 옷이 있을까요? 그리고 연회 참석하는 귀족들이 입을 옷도요."

"영주님 배역이 등장하는 자리가 어떤 자리인데요?"

"어떤 자리라니요?"

"영주님께서 평소 정무를 보시는 옷과 식을 치르는 옷이 달라요. 전투 시에 입는 옷이 다르고 정무회의에 걸치는 외투가 따로 있고요. 영외지 시찰 때 입으시는 복장도 다르죠. 지금 당장 상황에 맞는 여벌 옷을 다 내어드릴 순 없잖아요."

리사는 이번에도 깜짝 놀랐다. 바느질만 할 줄 알았던 소피아의 입에서 연극에 대한 이해를 해야만 할 수 있는 말이 나왔기 때문이다.

"아, 그렇죠. 그러네요. 그러면 지금은 평소 정무 보시는 옷이면 될 것 같아요."

"다행이네요. 그건 여벌 옷이 충분하거든요. 그러면 여성복은요?"

"연회 복장이 있어야 할 것 같은데요."

"연회 복장요? 그러면 연회 장면 같은 것이 있는 건가요?"

"연회 장면이……."

리사는 반사적으로 연회 장면이 있다고 말하려고 했다.

그런데 그 순간 소피아의 눈동자가 날카롭게 반짝이는 것을 느꼈다.

아차 싶었다.

저 바르테온 영주가 옆에 끼고 도는 여자라는 생각이 퍼뜩 들었다.

방금 전에도 내심 바느질장이라고 무시하고 있었는데 깜짝 놀랐지 않나.

'거짓말은 안 돼!'

"없어요. 네, 아직은 없어요. 그런데 영주님께서 앞으로 연극을 더 준비하라고 지시하셨거든요. 앞으로 만들 연극엔 연회 장면이 들어갈 수 있어요."

"그러면 그건 그때 영주님께 여쭤서 지원해 드리도록 할게요."

"그래야 되는 거겠죠?"

"네. 지금 여기 있는 드레스들은 전부 납품을 나가야 되는 물건들이에요. 연회면 사람들이 많이 모일 텐데 한두 벌 가지고 안 될 거 아니에요."

"아…… 네. 그렇죠. 그렇긴 해요. 그러면 그건 나중에 다시 물어보도록 할게요."

"그래요. 그러면 오늘은 된 거죠?"

오늘은 된 거다. 사실 끝난 게 맞다.

하지만 리사는 도저히 이대로 그냥 돌아 나갈 수가 없었다.

자신을 저렇게 아무 표정 없이 내려다보는 듯한 소피아의 시선도 못마땅했고 별천지처럼 깔려 있는 드레스 중에 자신의 옷이 단 한 벌도 없다는 걸 받아들일 수가 없었다.

그리고 지금 입고 싶었다. 나중에 다시가 아니라, 바로 지금 저 빛나는 드레스를 입어 보고 싶었다.

그러지 않으면 오늘 밤 잠을 자지 못할 것 같았다.

"잠깐만요. 잠깐, 될까요?"

"네, 말씀하세요."

"사실 이번 연극이 바르테온의 우수한 재봉 기술을 표현하는 무대거든요. 그래서 영주님께서도 마지막 클라이맥스 장면에서 더 좋은 옷을 쓰라고 이렇게 저를 소개시켜 주신 것이고요."

"평상복은 충분히 드린 것 아닌가요?"

"그렇죠. 그런데, 여기 드레스 중에 한 벌 정도는 무대에서 선보이는 게 어떨까 싶어서요. 아슬란의 드레스가 아름답다 하지만, 이렇게 이쁜 드레스들은 처음 봤거든요. 이 드레스를 보면 다들 바르테온의 재단사들에게 환호를 보내게 될 거라고 봐요."

"영주님 뜻이 그렇다는 거죠?"

"그렇다니까요. 바르테온에서 거짓말을 하면 큰일 나잖아요. 영주님께서 분명 무대에 좀 더 좋은 옷을 올리라고 하셨어요. 제가 감히 거짓말을 하겠어요?"

"그래요. 그럴 리는 없겠죠. 한 벌 정도는 융통이 될 테니까 골라 보세요. 어떤 게 좋겠어요?"

"그러면 제가 입어 봐도 될까요?"

"그러세요."

"네. 잠시만요. 화장 좀 지울게요."

리사는 얼른 얼굴 화장을 지웠다.

간단히 챙겨 다니는 알콜만 쓴 것이라 화장이 깔끔하게 지워지진 않았지만 그것만 해도 리사의 맨얼굴은 충분히 빛을 냈다.

리사의 맨얼굴에 소피아는 꼴깍 마른침을 삼켰다.

"화장을 일부러 못나게 하고 다니는 거예요?"

그 질문에 리사는 활짝 웃었다.

"시연극을 하고 온 참이거든요. 배역이 이쁜 역할이 아니라 이렇게 한 거예요. 정확하게는 화장이 아니라 분장인 셈이죠."

"그렇군요. 어떤 옷으로 드리면 되겠어요?"

"저 옷이요."

리사는 처음부터 자신의 마음을 사로잡은 붉은 드레스를 콕 찝었다.

"안 돼요."

소피아가 딱 잘라 말했다.

"한번 입어 보는 것도 안 되는 건가요?"

"네. 안 돼요. 다른 옷은 다 돼도 저 옷은 안 돼요."

"아…… 그렇군요. 다른 옷들과 함께 전시되어 있어서 그다지 특별한 옷인지 몰랐어요. 특별한 옷인가 보죠?"

"네. 이번 신년식 때 로살롯 영주님께서 입으실 옷이에요. 영주님께서 직접 명령하셔서 준비된 옷이라, 저 옷만큼은 손대는 것도 안 돼요."

물러날 수밖에 없는 이유였다. 여기서 더 고집을 부려 봐야 자신만 우스운 꼴 된다.

하지만 왜 이리 속이 상하는 건지.

"이 옷 입어 보세요. 피부가 밝아서 잘 어울릴 것 같네요."

"네, 알겠어요. 입어 볼게요."

리사가 겉옷을 벗곤 몸매를 드러냈다.

처음엔 이 순간 허리를 곧게 펴면서 소피아의 코를 납작하게 만들어 주려고 했는데, 그럴 의욕이 하나도 생기지 않았다.

"어때요?"

소피아가 거울을 비추어 줬다.

거울 안의 리사의 모습은 여느 영애들 속에서도 홀로 빛날 정도로 아름다웠다.

그런 자신의 모습을 보니 기분이 조금 나아지는 듯했다.

하지만 저 붉은 드레스를 입지 못한다고 생각하니 또 금세 시무룩해지는 마음이었다.

"좋네요. 이걸로 할게요."

"다른 옷은 안 봐도 되겠어요?"

"네. 다 이쁜걸요. 드레스는 이 한 벌이면 될 것 같아요."

그 말을 하는 중에도 리사의 눈은 붉은 드레스에 가 있었다.

"그래요. 그러면 그것까지 챙겨 드릴게요. 기사님, 여기 짐 좀 옮길 수 있게 도와주세요."

"예, 단원님."

리사는 그런 마음인지라, 기사가 직접 짐을 옮겨 주는 것도 눈에 들어오지 않았다.

리사는 지원받은 옷을 마차에 싣고 숙소로 향했다.

마차가 흔들리는 느낌도 마차 바퀴 돌아가는 소리도 들리지 않았다.

눈앞에 붉은 드레스가 계속 아른거렸다.

자신이 가지는 것은 고사하고 한 번 입어 볼 수도 없는 옷이라 하니 왜 이리 탐이 나고 속이 상하는지.

괜히 서글퍼서 눈물이 나올 것 같았다.

'내가 원한다고 하면 다 나한테 옷이며 보석이며 싸다 바쳤는데……. 그 옷이 다른 여자 옷이라고?'

이젠 억울하기까지 했다.

그 로살롯 영주보다 자신이 먼저 그 사람을 만났다면 그 옷이 자신의 옷이 되었을 거란 생각마저 들 지경이었다.

'하기야, 바르테온이랑 로살롯은 동맹이니 그럴 수도 있겠지. 정략결혼 같은 것. 그럼 그렇지. 정치적으로 팔려 가는 신세가 뭐 별거겠어. 나같이 일을 잘해서 눈에 드는 게 훨씬 값진 거지. 두고 보라고. 나도 그 정도 드레스는 받아 낼 수 있으니까!'

리사는 주먹을 불끈 쥐었다. 의욕이 활활 타올랐다.

지금까지도 그랬다. 자신을 시기하고 질투했던 다른 이들을 전부 실력으로 이겨 낸 리사였다.

그 성격이 어디 가진 않는다.

"단장님, 단장님!"

숙소에 도착한 리사는 큰 소리로 갤리언을 찾았다.

"왜 그래? 무슨 일이라도 있어?"

"다음 극은 준비되셨어요? 영주님께서 두 개 더 준비하라고 하셨잖아요."

"그건 아직. 우선 내일 올릴 것부터 마무리를 해야지."

"알겠어요. 그러면 단장님은 내일 거 마무리하세요. 저는 새로 올릴 거 준비할게요. 영주님의 취향이 뭔지 좀 알 것 같거든요."

리사는 그리 말하고는 자신의 방으로 들어갔다.

갤리언은 뭔가 방향이 어긋나고 있는 것 같은 미묘한 느낌을 받았다.

하지만, 이제 와 멈추기엔 이미 너무 많이 가 버린 상황이었다.

3장

"영주님, 신년식의 아침입니다!"

아직 새벽 동이 트기도 전에 메이가 카일을 문안했다.

"준비는?"

"만전입니다."

"레이첼에게 연락은 없었나?"

"네, 없었습니다. 오늘 아침까지 오신다고 했으니 그 시간에 맞춰 방문하실 듯합니다. 먼저 연락해 볼까요?"

"아니야. 온다고 했으면 그 시간에 오겠지. 다른 일정 소화하도록 해."

"예. 의복 우선 준비토록 하겠습니다."

"소피아도 불러오도록 해."

"알겠습니다."

소피아는 자신이 1열에 서는 것을 모른다.

괜히 영향을 받을까 싶어서 일부러 비밀로 둔 것이다.

동이 트고 일과가 시작될 무렵 소피아가 완벽하게 준비된 풀 코튼 메일을 가지고 왔다.

새로운 바르테온의 미래를 선포하는 데 어울리는 의복이었다.

"좋군. 화려하나 가볍지 않아. 기사로서의 자긍심도 잘 녹아 있고."

"감사합니다, 영주님. 최선을 다했습니다."

"잘 알지. 네가 얼마나 힘들여 이것을 완성했는지. 다른 귀족들에겐?"

"금일 통이 트자마자 모두 보냈습니다."

"좋아. 그러면 오늘까진 마저 수고하자고."

"예, 영주님. 하면 저는 연극에 쓸 드레스를 준비하고 있도록 하겠습니다."

"연극에 쓸 드레스?"

소피아는 어제 리사와 나눈 대화를 전했다. 카일은 대수롭지 않게 고개를 끄덕였다.

"필요할 수 있겠지. 그런데 오늘 네가 할 일은 그게 아니야."

"그러면 어떤 역할을…… 아, 현장 대기를 하면서 수선을 해야 할까요?"

"오늘은 자리를 빛내 줘야지. 내가 총괄 디자이너 자리를 약속했잖아."

카일은 어제에 이어 또 한번 소피아의 어깨에 손을 올렸다.

어제보다 활력이 더 죽어 있는 것을 보면 또 밤을 꼬박 새워 일을 한 게 분명했다.

카일은 다시금 소피아의 힘을 북돋아 줬다.

"그게 무슨 말씀이신지……."

"신년 선포식 때 제1열에 서게 될 거야."

"아, 네. 알겠습니다."

"제대로 이해한 것 맞아?"

"신년 선포식 때 1열에 설 분들을 보조하라는 거 아닌가요?"

"네가 1열에 설 거라고. 제3석이야."

소피아는 대답을 하지 못하고 눈만 껌뻑거렸다.

"오늘이 지나면 실질적인 총괄 디자이너 역할을 수행하게 될 거야. 그러니 오늘까지만 수고하자고."

"저, 영주님, 제가 지금 무슨 뜻인지 이해가 잘……."

"이해시킬 생각 없으니까 그냥 따르면 돼."

카일은 메이에게 눈짓했다. 메이가 소피아를 데리고 물러났다. 알아서 치장을 시켜 단에 올려 줄 것이다.

잠시 후, 카일은 다음 손님을 맞이했다.

"영주님, 전 로살롯 영주님과 현 로살롯 영주님께서 함께 찾으셨습니다."

카일은 직접 집무실 문을 열어 줬다.

"어서 오시오, 영주. 은사님을 뵙습니다."

카일은 레이첼의 아버지인 반테르센에게 은사님이라 호칭했다.

그 인사 한마디에 반테르센의 얼굴이 밝게 피었다.

"어허허허. 은사님이라니. 내가 자네에게 가르쳐 준 게 무엇이 있다고."

"왜 없다 말씀하십니까. 제 상도의 기준을 은사님께서 세워 주셨는걸요."

"거참 공치사는. 내 일찍이 자네의 처세가 이리 좋은 줄은 몰랐는데, 이제 보니 처세 또한 엄청나군."

"앉으시지요. 선착장까지 마중을 나가지 못해 송구합니다."

카일은 그에게 상석을 권했다. 존중의 의미였지 다른 정치적인 포석은 전혀 없는 행동이었다.

"거참, 이 친구. 사람 뜻 없게 만드는구먼."

그런데 반테르센은 헛헛한 표정을 지으며 레이첼을 바라봤다.

"뭐 해요, 얼른 앉으세요."

레이첼이 그런 반테르센의 옆구리를 푹 찔렀다.

"거. 흠. 내가 이자리가 무슨 자린지 모르네만, 일단 앉기는 하겠네."

반테르센이 상석에 앉았다. 반테르센 또한 카일의 자리였을 이 자리가 단순한 연장자로서는 앉을 수 없는 자리란 것을 너무도 잘 알고 있다.

그럼에도 이렇게 앉은 것은 딸아이의 성화 때문이다.

"달리 뜻이 있어 권하는 자리는 아닙니다. 이런 사적인 자리에서까지 제가 은사님보다 높은 자리에 앉을 수는 없지 않겠습니까. 그보다 어떠신지요? 그간 평안하셨습니까?"

"평안하기는. 내가 아주 이 녀석 등쌀에 무슨 말을 못 해."

"아버지, 내가 언제 그랬다고 그러세요?"

레이첼이 고리눈을 뜨며 반테르센을 흘겨봤다.

"봐 봐. 지금도 이러잖나. 아주 나를 뒷방 늙은이 취급하는 게지."

"아버지도 진짜! 영주님 앞에서 그러실 거예요?"

"이보라니까. 벌써부터 자네 편을 들지 않나. 이거 참 서러워서."

"하하하하. 오해십니다. 레이첼 영주가 은사님을 얼마나 사랑하고 아끼는데요. 표현이 서툴러 그 마음이 온전히 전해지지 않는 것일 뿐입니다."

카일의 말에 반테르센의 표정이 다시 오묘하게 변했다.

카일은 굳이 그의 안색을 분석으로 살피지 않았다.

"거참, 큰일을 겪었더니 새가슴이 되었나. 괜히 싱숭생숭하구먼. 내가 여기 계속 앉아 있는 것도 모양 없으니 먼저 일어나겠네."

반테르센은 말릴 틈 없이 벌떡 일어났다.

그러곤 카일에게 손을 쭉 뻗었다. 두툼하고 투박한 손이었다.

"잘 부탁허이."

"예, 알겠습니다."

카일이 그의 악수가 평범치 않다는 것을 알지만 거절할 상황은 아니었다.

"그리고 너는…… 이 망아지 같은 것. 어휴."

반테르센은 레이첼을 보곤 혀를 쯧쯧 차곤 밖으로 나갔다.

레이첼은 따라 나가기는커녕 한 번 부르지도 않았다.

"오늘 식은 아마 자리가 없을 것이오."

"그럼요. 바르테온의 행사인걸요."

"내일부터는 편히 즐기는 연회가 이어질 것이니 마음껏 즐기길 바라겠소."

"그 결투 무도회 같은 것도 있는 거죠?"

"있을 것이오."

"좋아요. 안 그래도 바르테온 영애분들과 논검을 하고 싶었거든요."

"다른 영애들도 영주와 함께하는 시간을 아주 값지게 생각할 것이오. 그리고 이것."

카일은 미리 준비해 둔 상자를 내어줬다.

"이게 뭔가요?"

"옷 한 벌 준비했소."

"어머."

레이첼은 상자를 열었다.

선명한 선홍빛의 드레스는 장미 코사지가 전신에 걸쳐 장식된 화려한 드레스였다.

"보석까지 이렇게 쓰신 거예요?"

레이첼은 장미 코사지에 이슬처럼 장식된 보석을 보며 물었다.

"보석 아니오."

"그럼요? 보석이 아니면……. 설마!"

"하하. 맞혀 보겠소?"

"설마 오브예요? 이것들 다 오브예요?"

레이첼은 드레스를 눈에 넣을 듯이 얼굴을 가까이 했다.

"미쳤어요, 정말. 이런 귀한 걸 제가 어떻게 받아요!"

"미쳤다니. 선물 준 사람에게 그게 할 말이오?"

"아, 아니. 그, 그게, 표현이요! 말이 그렇다는 거죠. 이런 걸 주면 제가 진짜 어떻게 받아요?"

레이첼의 눈가가 갑자기 붉게 달아올랐다.

카일은 자신의 장난이 너무했나 싶었다.

오브가 맞긴 한데, 오브라고 부를 수 없는 것들이었기 때문이다.

"그리 생각할 것 없소. 이 보석들이 오브이긴 하나 오브로서 효용이 없는 것들이오. 지금까지 작업하면서 골라낸 것들인데, 그렇다고 그냥 폐기할 것도 아니라 이렇게 쓰게 한 것이오."

"거짓말!"

"거짓말이 아니오. 내가 뭐 하러 이런 거짓말을 하겠소? 의심되면 마나를 주입해 보시오. 아무 반응이 없을 것이오."

"그게 아니라요. 버리려다가 쓴 거 아니잖아요. 이렇게 하나하나 정성스럽게 다듬어져 있는데요. 버리느니 쓰자 해서 쓴 거 아니잖아요."

"그것은 11단에서 알아서 그렇게 세공을 한 것이오."

"아휴 참-."

레이첼은 아직 눈물이 맺히지 않은 눈가를 쓸어 냈다.

그러곤 심호흡을 하며 숨을 골랐다.

"그래서 제가 이 옷을 언제 입으면 되는 건가요? 지금부터 입을까요?"

"아니오. 편할 때 입으시오, 편할 때."

"그러면 매일 입고 있어야겠네요. 바르테온 영주님이 직접 선물해 줬다고 하면서요."

"그러시오. 거짓말을 하는 것도 아닌데, 무슨 상관이겠소."

카일은 덤덤히 답했다. 선물 준 사람 성의를 생각해서 말을 하고 다닌다는데 굳이 말릴 이유야 없잖나.

"영주님은 정말 알다가도 모르겠어요. 다 아는 것 같으시면서도 아무것도 모르는 것 같기도 하고."

"나도 사람인데 그런 분야도 있지 않겠소. 하하, 자 이만 일어납시다. 나도 슬슬 나가 볼 참이오."

카일은 레이첼의 마음을 모르지 않는다.

지금까지 주변 사람들에게 그렇게 듣고, 직접 마주한 게 있는데 모를 수가 없다.

그렇다고 자신은 마음이 없는데 적당히 괜찮다 싶어 사이를 진전시킬 것은 아니었다.

그래서 다만 서운치 않게 하려는 것일 뿐이다.

좋은 동료이자 혈맹인 관계를 어색히 할 수 없으니 말이다.

"네, 알겠어요. 같이 나갈게요."

카일이 레이첼과 함께 일어났다. 하지만 같이 관저 밖으로 나가진 않았다.

뒤뜰 숲에 볼일이 있기 때문이다.

카일은 레이첼을 먼저 보내고 뒤뜰 숲으로 갔다.

올드의 요람이 더욱 커져 있었다.

적당한 크기에서 한번 성장을 멈춘 것까지 확인을 했는데 갑자기 어느 순간부터 다시 불어나더니 이제는 그 높이가 저택 높이만큼이나 높아진 채였다.

카일은 그 이유를 짐작할 수 있었다.

지하의 레온과 마나가 연결되어 있는 게 영향일 것이다.

카일은 올드의 요람을 우선 살피고 그것과 연결된 레온의 기운을 타고 레온까지 살폈다.

"아무래도 응답할 상황은 아니군."

신년식까지 목표를 달성하라 했는데, 그것을 지키진 못할 모양이다.

카일은 굳이 목소리를 전하지 않고 자리를 등지곤 정무관으로 향했다.

정무관 앞으로 풀 코튼 메일과 예복으로 단장한 정무관들이 자리를 채우고 있었다.

"영주님, 신년식의 아침입니다. 모시겠습니다."

란돌이 먼저 나와 인사했다.

가볍게 목례를 받아 줬다만 그를 옆에 세우진 않았다.

"상황에 맞는 역할이 있는 법이다."

그 말 한마디면 충분했다. 란돌은 두말없이 뒤로 물러났다.

카일은 사사레를 호명했다.

"사사레 경."

전능하신
영주님

"예, 영주님."

"금일 식에 레온은 참석하지 못할 것 같소."

"하면 대리인을 올리면 되겠습니까?"

"아니오. 자리만 두고 공석으로 두시오. 그 자리는 지크 레온의 자리이지 다른 누구의 자리도 될 수 없소."

방금 전에는 지적을 받고서도 아무런 기색 없이 물러난 란돌이었지만, 지금 카일의 발언에는 미간을 꿈틀거리며 반응했다.

주변의 기운을 모두 읽어 들이고 있는 카일이 그런 란돌의 반응을 놓칠 리 없었다.

레온이 새로운 길을 가고 있으니 응원 삼아 한마디 편들어 준 것인데, 잘 통했나 보다.

그리고 이 말이 란돌에겐 채찍질이 될 것이다.

어쨌든 서로 경쟁을 하면 성장이 이루어질 테니 바르테온엔 득이 되는 일 아니겠나.

"자, 그러면 모두 갑시다."

"예, 영주님. 따르겠습니다."

카일은 자신 뒤로 문무백관들을 줄짓게 하여 관저를 나섰다.

관저 앞에서부터 수많은 인파가 가득 자리를 메우고 있었다.

"영주님 행차시다!"

시론이 크게 외쳤다.

정문 앞에서 대기하고 있던 시종들이 기사 못지 않은 반듯한 자세로 밀고 나와 길을 텄다.

"영주님 행차시다!"

시론이 다시 한번 외쳤다.

중앙대로의 갓길에 대기하고 있던 수십의 기사들이 앞으로 나와 길을 만들었다.

"영주님 행차시다!"

시론은 목에 핏대를 세우며 마지막 외침을 내질렀다.

마나가 깃든 배틀메시지의 묘리가 담긴 외침이었다.

쩌렁쩌렁 행차를 알리는 외침이 퍼졌고 그 세 번째 외침과 함께 바르테온의 종이 울리기 시작했다.

공식적으로 신년식의 아침을 알리는 종소리였다.

"시론, 고삐를 쥐거라."

카일은 직접 쥐고 있던 고삐를 시론에게 늘어트려 주었다.

뒤로 물러나려던 시론 입술을 앙다물며 그 고삐를 쥐었다.

"이끌거라. 행차할 것이다."

"예, 영주님. 길을 잡겠습니다. 영주님 행차시다—!"

칸이 발을 떼었다.

카일이 앞으로 나가자 카일이 지나친 인파들이 카일 뒤로 따라붙었다.

칸의 등이 높으니 카일의 시선 또한 높다.

카일은 그 누구보다 높은 시선으로, 모두를 아우르며 행차
했다.

카일은 군중이 운집한 연단에 올랐다.

골렘 건축술로 건설한 웅장한 연단이다.

지금까지 바르테온에 있었던 그 어떤 행사에서도 등장
하지 않았던 규모였다.

모여 있는 군중도 그랬다.

지금까지 바르테온의 역사 중에 이렇게 많은 인파가 운집
한 적이 없었다.

제후령의 귀족들도 이전까지와 다른 규모였고 로살롯과
솔에서도 수많은 사람이 왔다.

그리고 상행단이 거래를 튼 콘스칸, 글레인 지역에서도 사
절을 보냈다.

모인 종족으로 따지면 더 말할 게 없다.

바르테온이 아니라 루카시스의 그 어떠한 영지도 자신들
의 축제에 드워프를 수백 단위로 초빙한 적은 없었다.

거기에 엘프까지 함께 자리한 것은 인류의 역사를 찾아봐
도 없을 것이다.

"와아아아아-."

군중들이 연단의 카일을 보자 함성을 내질렀다.

카일은 저 수많은 바르테안이 만드는 사기를 두 눈으로 확
인했다.

저마다 다른 감정으로 내뿜은 기운들이 한데 엉켜 오색의 파장으로 치솟았다.

그 사기의 총합은 자긍심이었다.

전쟁에서 승리한 바르테안이라는 바로 그 자긍심 말이다.

"이게 다 나를 위해 환호하는 사람들이라니."

전장에서 기사단을 이끌고 적진으로 진격하는 것과는 또 다른 감각이었다.

카일이 슬쩍 뒤를 돌아봤다.

미리 정한 순서대로의 인사들이 그 뒤를 메우고 있었다.

"1열은 앞으로 나와 따르라."

카일이 1열을 호명했다.

1열의 인사들이 카일 뒤로 바짝 붙었다.

카일은 그들을 이끌고 연단의 가장 앞으로 이동했다.

카일이 지정된 위치에 서는 순간.

푸쉬이이이ㅡ.

연단의 하단부에서 뿌연 수증기가 뿜어져 나왔다.

"우오오ㅡ! 마법이다!"

"뜨거운 바람이 쏟아졌어!"

"온천의 기운이다! 수신천의 기운이야!"

사람들은 증기기관에서 뿜어져 나온 수증기에 호들갑을 떨었다.

지금까지 이런 식으로 강력하게 뿜어지는 압축 증기를 본

적이 없기 때문이다.

저들에겐 이것도 마법이다. 마법사들이나 쓸 수 있는 그런 마법인 것이다.

"모두 정숙하라. 그대들에게 선보일 것이 있다."

카일은 자연체의 묘리로 배틀메시지를 터트렸다.

낮은 음의 목소리가 영도 전체로 웅장하게 퍼져 나갔다.

저마다 환호했던 이들이 입을 꾹 다물었다.

명령에 따르는 것도 있었지만 그 기운에 압도된 것이 더 컸다.

카일은 군중 속에 있는 쌍둥이 남매를 선택하여 수행관에게 지시했다.

기사가 두 어린아이를 잘 모셔 연단 앞으로 데리고 나왔다.

"기관이라는 개념이다. 아주 작은 힘으로 큰 힘을 낼 수 있게 해 주는 장치다."

카일의 목소리에 맞춰 수행관이 아이들에게 벨브를 돌리라고 설명해 줬다.

아이들은 이게 뭔가 싶어 어리둥절한 눈으로 벨브를 돌렸다.

그러자 드드득 벽돌 갈리는 소리가 나며 카일과 1열이 서 있는 연단 전면부가 높게 솟구치기 시작했다.

"우와ㅡ. 우와아ㅡ! 엄마! 아빠! 내가 마법을 부렸어요! 내가요!"

거기서 끝이 아니다.

수행관은 다시 다른 벨브를 돌리라고 지시했다.

아이들이 벨브를 돌리자 이번에는 카일의 석상이 기우뚱 기울어졌다.

그러고는 어깨에서 하얀 김이 푸욱 뿜어져 나오더니 검을 들고 있던 팔이 천천히 내리그어졌다.

꼭 기사 작위를 내릴 때 하는 것처럼 말이다.

그 검끝이 지면에 닿을듯 말듯 떨어진 후 멈추었다.

"둘은 앞으로 나오라."

수행관이 어리둥절해하는 남매를 부드럽게 안아 들어 석상의 검 끝에 내려놓았다.

"에릭, 이자벨, 뭘 멍청하게 멀뚱거리고 있어! 얼른 무릎을 꿇어야지!"

남매의 아버지가 목이 찢어져라 소리쳤다.

둘이 그에 함께 무릎을 꿇었다.

"바르테온의 미래의 주인들인 이 아이들에게, 그 누구도 함부로 함부로 대할 수 없는 축복을 내리노니."

카일이 메테오를 뽑아 마나를 방출했다.

푸른 별가루 같은 마나 결정이 석상의 검을 타고 소년 소녀에게 흘러갔다.

"가진바 재능대로 만개하여 바르테온을 융성케 할 기둥이 되거라."

아이들은 자신이 받은 것이 무엇인지 몰라 아직도 어리둥절하기만 했다.

"감사합니다! 감사합니다 해야지! 아빠가 가르쳐 준 거 다 어디 팔아먹고 멀뚱거리고 있어!"

"이자벨, 배꼽인사! 배꼽인사 해야지! 엄마가 다 가르쳐 줬잖니!"

오히려 쩔쩔매는 것은 부모들의 몫이었다.

"감사합니다, 영주님."

이자벨이 배꼽에 손을 모으고 허리를 푹 숙였다.

그제야 에릭도 이자벨을 따라 인사를 했다.

"이 아이들은 아주 어린 나이지만, 수많은 사람의 시선을 받으면서도 의연함을 잃지 않았다. 좋은 자질이니 부모는 아이에게 많은 기회를 주길 바란다. 또한 그것을 내가 지켜볼 것이다."

카일이 준비한 신분패를 허공으로 날렸다. 신분패는 하늘을 빙 돌아 내려와 두 아이의 손에 꼭 맞게 들어갔다.

"이 신분패를 소지한 이는 지위 고하, 남녀노소, 출신, 이력, 태생을 막론하고 바르테안으로서 바르테온의 비호를 받을 것이다."

카일의 목소리가 또 한번 잔잔히 흘러갔다.

이해하는 사람도 있었지만 이해하지 못하는 사람도 많

았다.

하지만 그들 모두 한마음으로 생각하는 것은 영주님께서 또 우리를 위해 뭔가 좋은 걸 해 주시는구나라는 마음이 었다.

이해하지 못해도 따른다. 해되는 것이 아니며 좋은 것이 분명하기 때문이다.

그것은 지금까지 몇 번이고 경험으로 쌓인 믿음이다.

"또한 이 바르테온 신분패를 가진 이들에겐 스스로 몸을 수신할 수 있는 바르테온식 마나 양생술을 조건 없이 배포할 것이다. 모든 이들은 앞으로 만들어질 교육기관에서 언제 어느 때든 이 기본 마나 양생술을 배울 수 있을 것이다."

이번에는 순간 장내가 술렁거렸다.

장내의 기운이 뒤바뀐다. 그것은 혼란스러움이었고 그 근원지는 기사들이었다.

카일이 마나 양생술을 배포할 것에 관해서는 기사들 대부분은 그 낌새도 차리지 못했다.

아무런 사전 고지 없이 충격적인 배포였기에 당황스러울 만한 일이다.

여기서는 물러날 생각이 없다.

카일은 대자연의 마나를 이끌어 와 저 혼란스럽고 불안한 기세를 단번에 휘감았다.

그 음의 기운을 태양빛의 양의 기운으로 감아 들여 희석시켰다.

"하여. 올 한 해 나는, 이 핵심 정무를 기반으로 모든 바르테안을 마나 유저로 만들 것이다. 평민들은 스스로의 몸을 아끼고 보호할 수 있을 것이며 기사들은 더 높은 경지에 오를 수 있을 것이다."

만세에 걸쳐 유지될 찬란한 국가까진 확신하지 않는다.

하지만 인구의 역사에 길이 남을 족적은 남길 수 있으리라 믿는다.

후세의 사람들이 현대의 기술, 문화의 발상지가 어디냐 묻는다면 이론의 여지 없이 바르테온이란 말이 나오게 할 것이다.

카일은 그 정도는 충분히 가능하리라 생각했다.

"이것은 바르테온의 천년 성세의 초석이니, 기필코 달성하여 바르테온 땅의 모든 사람을 널리 이롭게 하리라."

카일이 그것으로 웅변을 끝내며 기운을 거둬들였다.

"우와아아아아―!"

소용돌이치고 있던 기운이 한데 뭉쳐 하늘로 솟구쳤다.

"바르테온 만세!"

"카일 바르테온 만세!"

만세 함성이 온 바르테온에 울려 퍼졌다.

"준비한 음식은 모두 질서 정연하게 배포되었습니다."

신년 선포식은 점심 전의 아침 시간에 가진다.

선포식이 끝나고 나면 준비한 음식을 배포하는데 그 음식의 수준이 지난 한 해의 결실로 인지된다.

즉 좋은 음식을 내줘야 지난 한 해 농사가 그만큼 잘되었다는 뜻이다.

카일은 비축하고 있던 식량의 여유분을 크게 풀었다.

기존 계획보다 30% 정도의 예산을 더 추가 배정했다.

그 이유는 올드 때문이다.

올드로부터 습득한 순환 고리의 마나 운영술로 인해 식물의 초생장에 대한 여지를 확인했다.

지금 어느 정도 넉넉히 써도 그 부족분을 충분히 보충할 수 있다고 본다.

"사람들의 평은 어떠했소?"

"다들 생각지 못한 양이라며 좋아하고 있습니다. 전쟁을 겪은 터라 크게 기대를 하지 않았던 것 같습니다."

"신분패에 대한 이야기는 없었소?"

"크게 없었습니다."

일반 영지민들은 지나치는 말로 듣고 흘린 비율이 높을 것이고 기사들은 카일의 판단을 자신들이 재단할 수가 없으니 말을 아낀 결과였다.

하지만 의식하지 않는다. 의도한 대로 흘러갈 것이고 의지대로 관철시킬 것이기 때문이다.

"그러면 다음 식순으로 진행합시다."

"예, 영주님. 모시겠습니다."

이전의 식순대로라면 신년 선포식이 끝난 후 음식이 배포되면서 그대로 축제가 시작된다.

그 축제의 가장 큰 볼거리가 바로 마상 시합이다.

카일은 마상 시합의 시간을 뒤로 늦추고 그 전에 추모공원에서의 추모식을 넣었다.

카일이 정무관들을 이끌고 추모공원으로 진입했다.

이번 전쟁에서 생존한 백전기사단이 추모공원에 먼저 자리하고 있었다.

유가족들 또한 함께했다.

카일은 숙연하고 정중히 추모비로 나아가 존경심을 담아 헌화했다.

한겨울에 꽃을 구하기가 어려워 11단에 모조 꽃을 주문해 놓았는데, 울드 덕에 그것을 쓸 일이 없어졌다.

울드가 요람을 만들면서 그 주변의 꽃들까지 영향을 받아 함께 피어난 덕이다.

올해는 울드 덕을 보지만 내년에는 자력으로 생화를 헌화할 것이다.

헌화와 묵념을 끝낸 카일은 추모공원의 연단에 섰다.

"본인은 이 영지의 영주로서, 영지를 위해 목숨 바친 모든 용사들에게 그에 맞는 존경과 감사가 있어야 한다 여긴다. 그들의 피에 감사하며 용기를 칭송하니. 이제 세상을 떠난 그들에게 가지 못할 합당한 존중은 그 유가족들이 받을 수 있도록 하겠다."

행정관들이 유가족들에게 준비한 신분패를 나눠 줬다.

유공용사의 신분패로 일반적인 신분패보다 좀 더 많은 지원이 보장되는 신분패였다.

해당 신분패를 받은 백전기사단원들은 카일을 향해 다시 한번 충성의 맹세를 하였고 유가족들은 감사한 마음을 담아 허리를 숙였다.

"바르테온은 바르테온을 위해 피 흘린 바르테안을 절대 잊지 않을 것이다."

카일은 이렇게 자신의 치세를 여는 또 하나의 기치를 세웠다.

"영주님, 이제 수신공원으로 이동하겠습니다."

수신공원에 마상 시합장이 준비되어 있다.

실상 이제는 마상 시합 말고도 다른 볼거리에 익숙해져서 마상 시합이 예전만큼의 환호를 받을 수 없는 존재가 되었다.

하지만 영주가 친히 자리하여 상을 치하한다는 의미에서

는 그 가치가 월등하다.

특히 자신의 이름을 알리고 영주의 눈에 들고 싶은 어린 기사들에겐 이만한 기회가 없는 셈이다.

그래서 카일은 전통적인 마상 시합에 있어서는 일부러 급이 낮은 기사들만 참가하도록 제한했다.

말 그대로 초년 기사들에게 기회를 주고자 함이었다.

관객들은 마상창이 터져 나가고 기사가 낙마할 때마다 환호성을 내질렀다.

확실히 분위기가 바뀌긴 바뀌었다.

예전엔 마상 시합을 해도 이렇게 호전적으로 하지 않았다.

서로 간에 상대가 땅바닥을 나뒹구는 꼴을 만들지 않기 위해서 배려하였고 그것이 명예를 지키는 행동이라고 여겼었다.

하지만 이번엔 분명 달랐다.

마상에서 충돌하는 기사들은 전력을 다했고 바닥을 나뒹군 기사 또한 그것을 수치라 여기지 않았다.

그리고 낙마를 했다 해서 포기하지도 않았다.

결투를 지속할 수 있다면 그대로 검을 빼 들고 기마 상태의 상대를 향해 검을 겨누었다.

마상의 기사도 그런 상대를 봐주지 않고 전력으로 다시 돌진하여 공격했다.

대부분이 마상의 기사가 승리하였지만, 이변이 일어날 때면 그야말로 우레와 같은 함성이 뒤따랐다.

그러다 보니 마상 시합이 뒤로 갈수록 열기가 더해져, 시합장은 한겨울인 게 느껴지지 않을 정도로 열탕이 되어 버렸다.

"거 인간들! 하는 거 영 심심하구먼! 패행!"

그러다 군중들 사이에서 드워프가 맥주잔을 흔들며 소리쳤다.

사사레가 황급히 카일을 쳐다보았다.

저대로 두면 일이 어찌 번질지 뻔히 예상이 돼서 말이다.

"지금 뭐라고 하였소? 당신이 아무리 드센 산인이라고 한들 우리 기사님들의 결투를 심심하다고 하다니!"

"그렇게 자신 있으면 직접 시합장에 올라 보든가!"

"말로 떠드는 건 누가 못 하나!"

아나나 다를까 그 주변의 사내들이 핏대를 세워 가며 역정을 내었다.

"영주님, 이대로 두면…….."

"어쩌겠소. 이곳은 바르테온이고 저들은 바르테안인 것을."

카일은 하하 웃었다.

뿌우우우ㅡ.

별안간 드워프가 뿔나팔을 불었다.

두다다다 하는 조잡한 소리가 났다.

수신공원 어디에선가 풀을 뜯고 있던 산양이 군중의 등을 찍어 타며 날래게 뛰어 나왔다.

"아이고, 머리야!"

"으윽, 내 어깨! 저 빌어먹을 양 대가리가!"

"잡아서 통구이를 만들어 버릴라!"

바르테안들은 그 버릇없는 산양을 향해 투척도를 흔들었다.

"거 인간 드라칸! 내 이름은 가름이오! 나도 방계이긴 하지만 엄연히 드라칸의 피가 아주 쬐끔은 섞여 있다 이 말이지. 내가 인간들 노는 자리에 낀다고 해서 그게 당신 체면을 구기는 일은 아닐 것이오!"

가름이 산양을 타곤 풀쩍 뛰어 마상경기장 안으로 난입했다.

"누구 여기 이 드워프 반장 가름에게 도전할 자가 있는가? 이들의 망치는 쇠를 녹여 붙이는 망치이니 각오를 단단히 해야 할 것이다!"

카일이 말했다.

그러자 장내에 있던 모든 기사들이 손을 번쩍 들었다.

"제가 상대하겠습니다!"

시합을 신청한 기사들 전부가 한 명도 빠지지 않고 손을 든 것이다.

그 모습을 본 가름의 얼굴이 붉으락푸르락 달아올랐다.

"패해앵! 인간 드라칸의 발끝에도 견주지 못하는 것들이 감히 드라칸의 피를 탄 나를 우습게 봐? 오냐! 전부 덤벼라! 죄다 골통을 바숴 주겠다!"

가름이 산양의 옆구리를 냅다 질러 찼다. 산양은 하늘을 날듯 펄쩍 뛰었다.

기마 위의 기수보다 상체 하나가 더 높은 높이였다.

깡!

쇠망치로 모루 후려치는 소리가 났다. 망치에 맞은 기사는 투구가 움푹 패여 바닥에 꼬꾸라졌다.

가름은 그에 멈추지 않고 그대로 말 엉덩이를 밟고 다시 한번 뛰어올랐다.

"결투에서 난동을 피우다니! 잡아라!"

"영주님 앞에서 무슨 망신이냐!"

"잡아! 잡아 죽여!"

기사들이 일제히 검을 뽑았다.

"여, 영주님ㅡ. 이대로 두고 봐도 되겠습니까?"

"저리들 신나 하는데 두고 봐도 되게 해야 하지 않겠소. 예상 못 한 상황도 아니지 않소."

"알겠습니다. 그러면 특무대를 추가로 배치하고 의사들을 비상소집해 두겠습니다."

"그리하시오."

"그러면 다음 식순은 어찌하면 되겠습니까?"

다음 식순은 극단의 연극이다.

"연극은 볼거리를 제공하기 위함이지 그 안에 어떠한 의도가 있는 것은 아니오. 시합이 끝난 다음으로 미뤄도 상관없소."

"하면 극단에 그리 전파하겠습니다."

"그러시오."

카일은 기사들에게 집중했다.

가름은 정말 손에 사정을 두지 않고 머리통을 부수려고 들었다.

그나마 투구를 한 이들은 버틸 만했지만, 마침 투구를 벗어 둔 이들은 정말 머리통이 부서질 참이었다.

카일은 그럴 때마다 마나를 뒤틀어 가름의 망치에서 마나를 흡수해 버렸다.

마나가 깃들지 않은 그냥 쇠망치로만 맞으면 적어도 즉사는 하지 않을 테니 말이다.

'상대가 되질 않는군.'

하지만 그렇게 사정을 봐주었음에도 여럿의 기사들이 가름 하나를 잡지 못했다.

덩치만 큰 닭들 사이에 날랜 고양이 한 마리가 죄다 헤집고 다니는 꼴이었다.

마나홀의 격차를 보면 이해할 만한 일이다.

다만 가름의 경지를 모르는 기사들은 분함에 가슴을 때릴

일이었다.

"형편없구먼! 보시오, 인간 드라칸! 인간들 중에 당신 말고는 변변한 자가 없소? 그래도 산에 끌고 온 이들은 좀 쓸 만해 뵈더만!"

가름은 일부러 신경을 긁는 말을 했다.

이쯤 되면 군다가 마음껏 놀라고 풀어 줬다고 봐도 무방하다.

하기야, 지금까지 이렇다 하게 힘쓸 일 없이 손만 조물딱거리고 있었으니 좀이 쑤실 만도 했다.

"내가 직접 상대해 주면 되겠소?"

"크흥! 거 애들 장난에 어른이 훼방 놓을 참이오? 그러지 말고 적당한 놈으로다가 좀 붙여 주시오. 먼 길까지 힘쓰러 왔는데 우리도 좀 놀아야지!"

가름이 망치로 산양의 뿔을 긁었다. 산양이 그르륵거릴 때마다 불똥이 튀었다.

"영주님, 제가 나서 보겠습니다."

란돌이 말했다.

"아직 이르다."

카일은 간단히 잘라 말했다. 그 말 그대로 아직 순서가 이르다.

란돌은 밑에서부터 차고 올라온 다음에 나가야 맞다.

그리고 그의 순서가 오기까지 오래 걸리지도 않을 듯했다.

"이거 다들 전부 다 형편없구먼!"

가름은 일부러 쿵쿵 땅을 찍어 대며 다져 놓은 흙바닥을 죄다 뒤집었다.

덤벼드는 기사들도 하나같이 그의 망치질과 박치기에 나동그라졌다.

하지만 사기가 죽진 않았다. 지켜보는 관중들도 풀이 죽거나 의기소침해지지 않았다.

그들도 가름과 기사들의 실력 차이를 알아보는 것이다.

그리고 가름에게 나동그라지고 있는 기사들의 실력이 바르테온 내에서 그리 높지 않은 수준에 있다는 것도 알고 있다.

아직 바르테온의 진짜 실력자는 한 명도 나서지 않았으니 바르테온의 기사가 변변치 못하다고 풀 죽을 게 없는 것이다.

그 와중 결투 무대는 거의 난장판과 다름없을 정도의 난전 상황이 되었다.

마상시합을 신청하지 않은 기사들이 난전에 합세했고 그에 맞춰 근처에서 구경하고 있던 다른 드워프들까지 뛰어든 탓이다.

신년식을 이런 엉망인 모습으로 지내는 게 맞나 싶은 생각도 들긴 했지만 저 안에 기사들의 배움이 있고 구경하는 관중들도 즐거움에 환호성을 내지르니 되었구나 싶다.

"영주님, 이제 저의 차례가 된 듯합니다. 결투를 허락해 주시길 부탁드립니다."

"아직 네 수준으로 감당하기 쉽지 않은 것이다. 배운다는 생각으로 격하고 오라."

"예. 겸손히 마주하겠습니다."

란돌이 친위단의 단장들과 함께 무대로 파고들었다.

난전이 벌어지고 있는 무대를 가로질러 뒤엉켜 있는 이들을 나누어 버린 것이다.

그것은 흩어진 병력을 다시 집결시키는 효과를 낸 것이니 전술적으로 아주 올바른 판단이었다.

구경만 하고 있는 줄 알았더니 그래도 전황 분석을 하고 있었던 모양이다.

'이러면 미워할 이유가 없지.'

란돌에 대한 가치가 또 한 계단 올라가는 순간이었다.

이 정도 판단력이라면 친위단뿐 아니라 전시에 군을 맡겨도 큰 하자가 없지 않겠나.

다만 한 가지 부족한 것이 있다면 본신의 강함이랄까.

장내에 있는 친위단장들 전부 다 덤벼도 가름을 이기진 못한다.

단순히 마나홀 등급의 차이도 차이였지만 전투 그 자체의 경험이 엄청난 차이를 가지고 있었다.

가름은 전투를 이끌어 가는 감각만큼은 오히려 군다보다

도 뛰어난 부분이 있었다.

모르긴 몰라도 지금 바르테온에 내려온 드워프들 중 군다를 제외한 가장 강한 인물일 것이다.

역시나 아니나 다를까, 진형을 갖추었음에도 기사들이 힘싸움에서 밀리는 모양새가 되어 가고 있었다.

이대로 가면 진형이 무너지게 되고 그다음은 일방적인 학살이 벌어진다.

물론 지금은 경기이니 일방적인 구타 정도로 끝나겠지만, 그 꼴이 우스워지는 것은 어쩔 수가 없다.

"영주님, 제가 찬찬히 살펴보았는데 아무리 보아도 배분이 맞지 않는 결투인 듯합니다."

뒷열에서 보고 있던 휴슬레가 염려를 담아 운을 떼었다.

"상대를 맞추기 위해선 저희가 나서는 게 적당할 듯합니다."

사일론도 함께 말을 이었다.

"맞는 말이다만, 나는 저들에게 패배의 쓴맛을 경험시켜 주고 싶은 마음이오."

13세대들은 이번 전쟁에서 함께 싸워 승리한 이들이다.

그렇다. 승리한 이들인 것이다. 저들은 그 승리감에 취해 있었고 언동에서 그 승리감에 의한 오만함이 하나도 없다고 할 순 없었다.

13세대의 수련이 12세대만큼 치열하지 않았던 근본적인 이유가 그 때문이다.

"그래야 세상 넓은 줄 알고 더 열심히 수련에 매진할 듯해서 말이오."

신년식이 끝나면 마나술을 배포할 것인데, 지금 무참히 패배한다면 더욱 열심히 그 마나술을 수련하게 될 거다.

시기적으로도, 상황적으로도 저들이 패배를 경험하기에 딱 좋다고 봤다.

"그거야 그렇긴 합니다만, 엄밀히 따지면 신년식은 우리의 축제인데 다른 이들 잔치 벌여 주는 모양새인 듯하여…… 그것이 조금 마음에 걸렸습니다."

"그 마음 또한 나도 공감하오. 저들의 순서가 끝난 다음에 나설 기회를 주겠소. 다들 볼거리가 많아 즐거워할 것이니 나 또한 환영하는 바이오."

카일은 이렇든 저렇든 저 13세대들이 한번 흠씬 두들겨 맞는 것은 그냥 두겠다는 의지였다.

휴슬레 들에게야 저 두들겨 맞는 13세대가 자신들의 자식들이니 그 마음이 유쾌할 수가 없는 게 진심일 것이다.

그것도 이런 축제날 말이다.

"저들이 대회에서 패배한다고 하여 바르테온 기사들의 명예가 깎이는 것은 아니오. 자식을 아끼는 마음 때문이라면, 목숨의 위협 없이 값진 경험을 얻는 것을 더 크게 여겨야 할 것이오."

"예, 영주님. 하면 물러나겠습니다."

휴슬레가 잠자코 물러났다. 하지만 그의 마음 안에 마나가 들끓고 있다.

카일에 대한 분노가 아닌 가름에 대한 분노였다.

휴슬레의 눈에는 가름이 남의 집 잔칫상에 올라타서 난장을 피우고 있는 걸로밖에 보이지 않았기 때문이다.

－너희들의 패배는 별수 없다. 다만 바르테온의 기사로서 기개라도 보이거라.

휴슬레는 친위단장들에게 배틀메시지를 보냈다.

그 음성을 들은 란돌은 어금니가 내려앉을 정도로 이를 악물었다.

"뭣들 하는 거야! 벤자르를 물리칠 때 했던 걸 다 까먹은 거냐! 그때처럼만 하면 되는 것을!"

란돌 검을 치켜세우며 주변을 독려했지만 땅거죽이 퍽퍽 터져 나가는 공격을 당할 때면 진형이 와르르 무너지기 일쑤였다.

"란돌, 안 되겠다. 버티질 못해. 이렇게 버텨 봐야 꼴만 우스울 뿐이야. 아버지께서 기개라도 보이라고 하셨어. 돌격하자. 설마하니 죽겠냐."

아두인이 말했다. 란돌은 분함에 눈물이 맺힐 지경이었다.

"왜 그때처럼 못 따라 주는 거냐? 그땐 다 했잖아! 다들 하나의 검이 되어서 적을 멸했잖아! 너희들 다!"

"란돌, 그땐 영주님이 계셨고 지금은 영주님이 안 계시다. 우리들만으로는 그때처럼 할 수 없어."

아두인은 가장 중요한 핵심을 말했다.

그것은 분명한 사실이었고 그 사실은 란돌의 가슴팍에 비수가 되어 꽂혔다.

그 말이 꼭 네가 네 역할을 하지 못한다는 말처럼 들렸기 때문이다.

란돌은 검을 꽉 말아 쥐었다.

"그래. 네 말이 맞다. 그럼 기개라도 보이자. 돌격하겠다. 길을 내줘라. 저 능글거리는 드워프의 낯짝에 칼질 한 번은 해야겠다."

"전원 쐐기 대형으로! 돌파할 것이다!"

바닥을 나뒹굴던 기사들이 그 명령을 듣고 다시 진형을 갖추기 위해 모여들었다.

"뭐 재미있는 거 하려나 보구먼. 어디 한번 맘껏 해 봐라."

그것을 보던 가름이 드워프들을 뒤로 물러나게 했다.

있는 그대로 공격을 받아 주려 함이다.

"자리 잡아라. 낙석 받기다!"

드워프들이 서로의 어깨를 겹쳐 서며 근육을 부풀렸다.

그렇게 뭉쳐 있으니 성벽이 솟아오른 듯한 기세였다.

"기세를 올려라!"

란돌 또한 돌파의 기운을 끌어 올렸다.

뒤를 받쳐 주는 모든 기사들이 기운을 모아 전방으로 투사했다.

그 모든 기운이 란돌이란 한 점에서 모였다.

란돌은 전시에 보았던 카일의 등을 그리며 앞으로 쏘아졌다.

콰앙!

쇳덩이 부딪치는 굉음이 터져 나왔다.

하지만 성벽은 무너지지 않았다.

"바위 튕귀기!"

"으앗차!"

쿠구궁!

드워프들이 일제히 발을 굴렀다.

땅바닥이 파도처럼 너울거리며 울렁 솟아올랐다.

간신히 진형을 지키고 있던 기사들이 그 요동을 버티지 못하고 사방으로 떨어져 나갔다.

상대가 되질 않았다.

격이 다른 상대였으니 당연한 결과다.

"자, 그러면 골통들 딱 대라고!"

가름이 망치를 빙빙 돌리며 앞서려 했다.

"영주님, 승패가 났습니다. 이제 그만 시합을 종결짓는 게 어떠신지요?"

사사레가 다시 물었다.

카일은 이번에도 고개를 저었다.

"아직 끝나지 않았소."

"이제 서 있는 자가 없는데, 괜찮은 것인지요?"

"늦게 출발한 이가 하나 남아서 말이오. 마침 다 왔소."

카일이 시선이 하늘을 가리켰다.

높은 하늘에서 푸른 기운을 휘감은 인형 하나가 무대 가운데로 떨어져 내렸다.

레온이었다.

"신 지크, 영주님의 과업을 수행하여 당도하였나이다."

카일 앞에 선 레온은 스스로를 지크라 칭했다.

4장

극은 무엇이고 궁극은 무엇인가.

레온은 마스터의 경지에 대한 깨달음을 찾기 위해서 항상 그와 같은 물음에 몰입했었다.

과연 어떠한 궁극의 운용을 하여 한계에 다다를 대로 닿은 마나홀을 또 한번 확장시킬 것인가에 대한 고민이었다.

이미 그즈음에는 검술에 대한 형과 식은 논할 필요가 없는 단계였고 오직 마나의 유동과 운용에 대한 수십 수백 가지 변주를 통해 자신만의 길을 찾는 작업을 해 왔었다.

그렇게 수천 갈래의 길 중 자신의 길을 찾으면 막혀 있던 마나가 또 한번 뻗어 나가게 되고, 그 뻗어 나감으로써 새로운 틈을 비집고 들어가는 것이 다음 단계로의 진출이었다.

레온은 인간으로서 도달할 수 있는 마지막 단계를 눈앞에
두고 있었던 상황이었고 그 틈을 어렴풋하게나마 경험을 했
던 시점이기도 했다.

그런 때에 카일에게 부름받아 영도로 오게 된 것이다.

그리고 카일을 보았다.

먼저 극에 도달한 자.

압도적인 수준에 있었고, 상대함에 그 어떠한 해법도 보
이지 않는 절망을 느낄 수밖에 없었다.

조부님에게 느꼈던 그 까마득함보다 더 큰 벽이었다.

그런데 문제는 도저히 따라갈 여지마저도 보이지 않는다
는 점이었다.

레온은 자신이 언젠가 마스터의 경지에 오를 수 있다는 것
에 대한 의심이 없었다.

비록 지금 당장은 아니지만 자신의 생에서, 그리 늦지 않
은 시기에 마스터에 등극할 수 있을 거라 확신했다.

그러면 지금은 보이지 않는 해법들이 보일 거라 생각했다.

그런데 카일을 대하면 대할수록 자신의 생각처럼 되지 않
을 거란 느낌이 커져만 갔다.

인간이 도달할 수 있는 경지는 마스터가 끝인 것 아닌가.

그런데 왜 자꾸 마스터 그 이상의 단계로 나아가는 것 같
은 느낌이 드는지.

그리고 그 느낌은 왜 확신으로 변해 가는지.

레온은 솔직히 그것을 인정하고 싶지 않았다.

카일이 배포하기 위해서 준비했다는 마나 운용술을 봤을 때도 그랬다.

그것의 신묘함이야 인정하지 않을 수가 없지만, 자신이 내다볼 수 있을지도 모르는 길을 빼앗긴 기분이었다.

내가 열심히 답을 찾고 있었는데, 누군가 와서 툭 답을 알려 주고 간 그런 느낌 말이다.

그래서 레온은 자신만의 새로운 길이 필요했다.

그것이 없다면 스스로 서는 지크가 될 수 없다는, 자아에 대한 문제였기에 절대 포기할 수 없는 일이었다.

그래서 운명처럼 다가온 한 줄기 빛에 목숨을 걸고 몰입했고 결국은 해내었다.

그래서 스스로 지크임을 당당하게 말할 수 있었다.

"기다리고 있었다."

"기다리시었습니까?"

레온은 빙긋이 웃으며 답했다. 그의 얼굴에 항상 어려 있던 조급함이 사라졌다.

여유로운 표정이다.

스스로 자신의 자아를 확립했기에 가능한 모습이었다.

"당연한 것을."

"영주님께서 보시기에 어떻습니까?"

레온이 검을 늘어트리며 물었다.

바르테온 기사의 자세가 아니었다.

바르테온 검술에선 검을 내려놓는 쉬는 자세에서도 몸의 중심선에 맞춰 전방으로 내려놓는다.

그것이 양손으로 검을 들어 올리기 가장 빠른 자세이기 때문이다.

그런데 지금 레온은 오른쪽 옆구리로 검을 내리고 있었다.

흔히들 건들거린다고 표현하는 자세였다.

자신이 새로운 경지에 올랐다 하여 건방을 떠는 게 아니다.

레온은 자신이 마스터가 되었음에도 카일을 따를 수 없다는 것을 알고 있다.

그저 보여 주는 것이다.

자신이 지금까지 쌓은 것과 전혀 다른 길을 찾았음을.

그것으로 하여금 스스로의 자긍심을 표출하는 것이다.

"마땅하다고 생각한다."

"마땅하십니까?"

"그래. 마땅하지. 지크다운 행보였다."

카일은 손을 올려 자리를 권했다.

멋지게 등장했으니 그 등장에 대한 기대를 충족시키라는 뜻이었다.

관중들에게도 그렇고 잠자코 대화를 기다려 주고 있던 가름에게도 말이다.

"역시 영주님께서는 단번에 알아보시는군요. 이마저도 이루지 못했다면 그 너른 그림자 밑에서 고개 한 번 내밀지 못했을 것입니다."

가지가 크면 비를 피하기 좋으나, 빛을 보기는 어렵다.

스스로 서야 하는 지크로서는 반드시 빛이 필요한 일이었고 그것은 카일도 바라는 일이었다.

그러니 이런 자리가 만들어졌음이 흡족하지 않을 수 없다.

"패행! 거 흥 떨어지게 언제까지 기다려야 하는 거요?"

가름이 외쳤다.

레온이 여전히 자세를 잡지 않았기 때문이다.

"이미 시작했소만."

답은 카일이 아닌 레온에게서 나왔다.

가름은 패행 코를 풀었다.

"개중에 한가락 하는 것 같은데, 그래 봐야 급이 안 맞는단 말이다. 자네까지 두들겨 놔야 힘 좀 쓰는 이들이 나오겠지."

가름이 산양에서 내렸다. 그러곤 망치를 돌려 잡았다.

송곳 머리가 있는 부분이 앞으로 나왔다.

저 망치에 맞으면 단순히 갑옷이 우그러지는 것만으로 끝나지 않는다.

그리고 레온은 갑옷을 입지도 않은 상태였다.

"한 대 맞으면 뼈마디가 끊어져 나갈 게다. 허세를 떤 대가라고 하면 싼값이다.”

“이걸 허세라고 보는 것부터가 격을 알아보지 못하는 것이오.”

“어린것이 주둥이질이 제법이구나. 네 실력도 그 주둥이만큼 잘났나 보자.”

가름이 쿵 발을 굴렀다.

펑! 펑! 펑!

땅거죽이 연속으로 터져 나가며 레온을 덮쳤다.

레온은 가볍게 몸을 틀어 그 폭발을 비켜 냈다.

지금 이 순간 레온은 그저 고요하다, 평온하다는 생각을 했다.

마스터의 문턱에서 좌절했을 때의 자신은 뭔가에 안달이 나 있었다.

머리로야 언제고 마스터에 도달할 수 있을 거라 믿고 있었지만, 사람 마음이란 게 생각한 대로 다 되는 건 아니지 않나.

특히나 카일을 마주한 다음부터는 그 조급증이 폭발이라도 한 것처럼 검술에 있어서 과하게 자신을 표출하려는 경향이 있었다.

더 화려한 기술, 더 강한 기술. 보기에 더 대단해 보이는 기술.

꼭 왜소한 몸뚱이를 깃털을 부풀려 가리려는 새처럼 말

이다.

그 당시의 레온은 자신이 그런 모습인지도 인지를 하지 못했지만 지금은 그 과거 자신의 모습이 너무도 명확하게 보였다.

그래서 마음이 여유로웠다.

표출하지 않아도 되어서, 누가 좀 알아 달라며 몸을 부풀리지 않아도 되어서.

스스로의 존재감을 의심하지 않을 정도의 능력을 얻게 되어서.

그래서 레온은 평안했다.

콰앙!

또 한번 커다란 폭발과 함께 흙무더기가 들이쳤다.

단단하게 다진 흙 무대는 이제 거의 모래사장처럼 되어 발이 푹푹 빠질 치경이었다.

하지만 그것이 레온의 움직임을 방해하진 못했다.

레온은 배틀스텝의 묘리로 허공으로 뛰어올랐다.

그 높이가 하늘로 솟구친다 할 정도였으니 덮쳐 오는 모래 파도가 닿을 수 없는 위치였다.

'제대로 익혔구나. 기본에 충실한 배틀스텝이다.'

그런 레온에 대한 카일의 평가는 그러했다.

그리고 레온의 검에 깃든 마나는 그 배틀스텝보다 몇 배는 더 눈길을 끌었다.

'순환 고리인가—? 이것 참. 선수를 빼앗겼군.'

카일은 시원스레 미소 지었다.

레온이 정말 울드의 기술을 터득한 것이라면 다른 모든 기사들과 구분되는 특별한 존재감을 가질 수 있게 된다.

그것이 바로 지크 아니겠나.

여기서 한 가지 더 기대를 하자면 지크만의, 아니 레온만의 검술일 것이다.

카일은 설레는 기대감으로 레온의 검에 집중했다.

주변의 마나를 빨아들이는 것도 아니고 마나홀에서부터 마나를 받아 힘을 응축시키는 것도 아니었다.

일견 보기에 오러블레이드도 발현되지 않은 검이었는데, 레온이 그 검을 허공에 그어 내자 가름은 깜짝 놀라 앞으로 몸을 굴렸다.

바닥을 뒹굴어 일어난 가름이 얼굴이 달아올라서는 발을 쾅 굴렀다.

"마법사냐!"

"그럴 리가."

레온은 솟구친 모래를 밟으며 지상으로 내려왔다.

레온은 여전히 검을 늘어뜨리고 있는 자세였다.

"영주님, 지금 보셨습니까? 레온이 휘두른 검은 분명 참격이 아니었는데, 저 드워프의 등 뒤에서 참격이 일어났습니다."

사일론이 무슨 일이 일어나고 있는 것인지 궁금증을 참지 못하고 물었다.

"저기. 저기 보십시오. 지금도ー."

레온은 한 손으로 검을 툭툭 튕겼다.

무거운 바르테온식 롱 소드에 도저히 맞지 않는 검술이었다.

그럼에도 그 가벼운 손놀림이 있을 때마다 가름은 이리 뛰고 저리 뛰다 이윽고 손을 들어 머리를 콱 감싸야 했다.

좌라라락.

그 순간 가름의 팔뚝이 십여 개의 칼날에 저며지듯 썰려 나갔다.

"대체 레온이 무엇을 터득한 것입니까?"

사일론의 물음에는 레온에게만 대체 무엇을 가르쳐 준 것이냔 추궁이 진하게 느껴졌다.

"내가 가르친 게 아니오. 나는 그저 자리를 빌려줬을 뿐."

"그렇습니까?"

"그렇소. 내가 레온을 과하게 우대하는 것이 오히려 지크를 업신여기는 것임을 알고 있는데, 그렇게까지 했을 성싶소?"

"아닙니다. 제가 워낙 믿기지 않는 것을 보아서……. 그 누구보다 정석에 가까운 검술을 연마한 레온이 무슨 연유로 저렇게 궤를 달리하는 검술을……."

"그것이 깨달음이라고 하는 것이지 않겠소."

사일론은 자신의 아들뻘인 레온이 자신보다 더 높은 경지에 올랐다는 것보다도 레온이 바르테온 롱 소드 검술과 전혀 맞지 않는 검술을 사용하고 있다는 것에 더욱 큰 충격을 받았다.

그리고 그것은 비단 사일론뿐이 아니었다.

이 자리에 있는 모든 기사들이 그와 같은 충격에 휩싸여 있었다.

특히 란돌은 자신의 집이 불타는 것을 바라보고 있는 듯한 얼굴이었다.

"하면, 영주님께서는 알아보시는 것입니까? 레온의 검술이 대체 어떤 변화를 가진 것인지 말입니다."

"레온의 검을 검으로 보지 말고 낚싯대의 손잡이라고 생각해 보시오. 그렇게 보면 레온이 검을 놀리는 모습이 꼭 물고기를 유인하는 손짓처럼 보이지 않소?"

"그렇습니다. 그렇게 보입니다."

"저 손잡이에 보이지 않는 낚싯줄이 길게 이어져 있고 그 줄에 걸린 낚싯바늘이 마나를 훑쳐 온다는 느낌으로 봐 보시오."

카일은 자신이 보이는 그대로를 풀어 줬다.

지금 레온이 펼치는 검술이 그랬다.

그의 검은 자연상의 마나와 연결이 되어 있을 뿐 그것을 자신의 힘으로 끌어들이려 하지 않았다.

다만 연결되어 있는 그대로 활용하는 것이다.

긴 줄의 한쪽 끝을 당기면 다른 한쪽이 딸려 오는 것처럼 말이다.

"채찍을 휘두른다는 개념으로 보아도 되겠지. 채찍은 손잡이를 살짝 튕기는 것만으로도 그 끝에 가서 엄청난 힘을 폭발시키지 않소."

"그렇군요. 그리 들으니 그런 듯합니다. 그런데 대체 하루 아침에 저런 검술을 어찌 터득하여 저렇게 능란하게 사용하는 것인지……."

순간 사일론은 착잡한 심정이 되었다.

그도 레온이라면 언제고 마스터를 이룰 것이라 믿었다.

그것을 의심한 적은 없었다.

지크의 자손인 레온이 언젠가는 자신을 앞서가리라. 그렇게 생각하고 있었다.

그런데 그 앞섬이 이런 방식일 거라곤 생각하지 못했다.

전혀 다른 방식으로, 바르테온의 것이 아닌 방식으로 말이다.

그것이 꼭 카일을 보는 듯한 기분이라 입안이 썼다.

모두가 동등한 처지로 카일의 손바닥 안에 있을 줄 알았더랬다.

저 대단한 칼데온마저도 그 손바닥 안에 있었으니 말이다.

그런데 지금 레온의 모습을 보니, 꼭 레온 혼자만 그 손바닥 밖으로 나가 버린 듯한 기분이었다.

사일론은 그 기분을 차마 가리지 못하고 휴슬레를 쳐다봤다.

휴슬레도 그와 비슷한 감정을 느끼고 있었다.

그들의 마음에 새로운 호승심이 불씨를 틔우는 순간이었다.

'이런 건 기대하지 않았는데, 여러모로 복이구먼.'

카일은 사일론의 호승심을 기꺼워하며 다시 레온에게 집중했다.

레온은 춤을 추듯 검을 놀렸다.

바르테온 롱 소드 검술에도 검무라고 부를 만한 연환 검식이 있었지만, 그것은 어디까지나 검술을 빠르게 시현한 것일 뿐 진짜 춤처럼 보이는 것은 아니었다.

그런데 지금 레온의 몸짓은 춤을 추는데 단지 검을 들고 있는 듯 보였다.

쏟아지는 공격을 바람에 나부끼는 나뭇잎처럼 피해 내면서 적의 뒷머리를 노리며 검을 놀렸다.

툭툭 던지는 듯한 공격은 전부 치명적이었다.

드워프의 강인함을 알고 집요하게 안면부를 노렸기 때문이다.

특히나 마나 칼날이 생성되는 위치와 머리통의 위치가 겹칠 때면 바르테안 사내들도 고개를 돌려야 할 정도로 험한 장면이 연출되곤 하였다.

하지만 그 누구도 레온이 독하게 손을 쓴다 여기지 않았다.

무대에 난입한 것은 드워프들이 먼저였고 가름 또한 팔다리를 끊어 놓을 생각으로 송곳머리를 들었으니 말이다.

"영주님, 상황이 이리되는데 결투를 끝내야 하지 않을지요?"

사사레가 또 한번 중재를 요청했다.

다만 이번에는 드워프들의 상태를 걱정해서 한 말이었다.

적당히 부상을 입으면 뒤로 물러나 치료를 받아야 하는데, 드워프들은 전혀 그러질 않았다.

칼날에 저며지는 상처 따위야 뼈가 끊어진 것만 아니면 생채기 수준이라 생각했고 얼굴에 흉이 져 봐야 어차피 수염이 덥수룩해서 별달리 티가 난다 여기지도 않았다.

더욱이 몸의 상처를 광부의 훈장이라 여기는 이들이라 상처와 부상에 무감각하다.

그런 문화를 모르는 사사레의 시각에서는 무대가 온통 피로 물들고 있는 지금 상황이 걱정될 수밖에 없었다.

"내가 보기에 저들은 그저 즐기고 있는 것이오. 드워프들의 축제가 원래 저런 것인지는 모르지만 즐기는 마음은 분명하오."

드워프들이 뿜어내는 기운의 총합에 흥분과 화는 있었지만 억울함과 분함은 없었다.

지금 결투 그 자체를 싸움으로 즐기는 것이라고 봐야 했다.

그러고 보면 모든 드워프들이 무대에 난입한 것도 아니다.

느긋하게 자리에 앉아서 맥주와 함께 결투를 즐기는 드워프들이 훨씬 많았다.

"그러니 걱정 마시오. 저들이 유독 싸움을 좋아하는 성격들이고, 그저 몸을 풀려고 노는 것이니."

"그렇습니까? 영주님께서 그렇다 하시니 그런 것이겠지만서도……."

"대신 다른 기사들은 모두 뒤로 물려 치료를 받게 하시오. 이미 저들은 드워프들의 눈 밖에 났으니 저 놀이판에 끼지 못할 것이오."

무대 가장 자리에서 싸움에 끼지도 못하고 그렇다고 완전히 무대 밖으로 나가지도 못하고 있는 기사들이 많았다.

그들을 언제까지 같이 세워 둘 순 없다.

"알겠습니다."

사사레가 빠르게 카일의 명령을 전했다.

부상이 심하지 않아서 자리를 버티고 있던 하급 기사들이 전부 무대 밖으로 나갔다. 하지만 친위단장급들은 쉽사리 무대 밖으로 나갈 수가 없었다.

특히 란돌은 레온에게서 눈을 떼지 못했다.

오만 가지 감정들이 복잡하게 얽힌 감정이다.

'저대로 뒀다간 기가 완전히 꺾이겠군.'

억울하고 분한 감정이다.

레온에게 칼을 맞고 있는 드워프들도 느끼지 않는 감정을 란돌이 느끼고 있었다.

카일은 란돌이 미워서 레온의 등을 밀어 준 게 아니다.

지금도 마찬가지다.

기둥의 높이가 다르면 지붕이 기울지 않겠나. 그러니 적절히 맞춰 주는 작업을 하는 것일 뿐이다.

-친위단장은 왜 무대 밖으로 나가지 않고 있나?

-소, 송구합니다. 나가겠습니다.

-나가라 명령한 게 아니다. 나가지 않은 이유를 물은 것이다.

-저는……. 부상이 그리 크지 않고 아직 더 싸울 수 있다고 생각하여 나가지 않고 있었습니다.

-거짓말이 죄임을 떠나, 내가 그대에게 속마음도 터놓지 못하는 군주인가?

-송구합니다. 거짓을 고하려던 게 아니오라…….

-레온을 보고 있음을 알고 있다. 새로운 경지에 오른 그에게 큰 호승심과 절망감을 느끼는 것 또한 알고 있다.

대답이 돌아오지 않았다.

란돌은 카일의 시선을 받을 수가 없어 고개를 푹 숙였다.

-그대는 나의 친위단장이다. 나를 막아 줄 검이 부족해서야 쓰나. 끌어 줄 테니 낙담하지 말라.

카일은 대놓고 끌어 준다 말했다.

스스로 서야 하는 레온과 달리 란돌은 무조건적인 충성을 보여야 하는 친위단장이다.

　그의 권력의 근원은 충성이니, 이렇게 끌어 준다 말하는 것도 더욱더 큰 충성을 할 명분을 주는 것이다.

　-감사, 감사합니다, 영주님. 변변치 못한 모습 보여 한스럽습니다. 영주님께서 자부심을 느낄 수 있도록 강력한 검이 되게 매진하겠습니다.

　그렇게 고개를 숙이며 읍한 란돌이 무대에서 내려가려 했다.

　카일은 그런 란돌을 불러세웠다.

　-내려갈 것 없다. 그 자리에서 레온의 모든 것을 보아라. 그 또한 공부이다. 쓰러지는 자는 얼마든지 일으켜 세워 줄 수 있으나 꺾인 자까지 붙여 줄 마음은 없음이다. 지금의 비통함에 꺾이지 말고 직시하라. 나 또한 나의 친위단장을 바라보고 있겠다.

　-흐읍……. 예, 영주님.

　란돌은 눈시울을 붉히며 자리에 멈춰 섰다.

　란돌의 성격이 급하고 드세서 그렇지 충성심만은 진짜다.

　그것을 의심한 적은 없었다.

　카일은 그렇게 또 다른 영지의 기둥을 다독여 줬다.

　"양상을 보니 아무래도 결투가 길어질 것 같소. 언제까지 기다릴 순 없으니 다음 식순을 준비토록 하시오."

　레온이 깨달음을 얻긴 했지만 가름을 완전 패배시킬 정도의 공격 방식까진 아직 준비하지 못한 상황이다.

가름도 전혀 지친 상황이 아니었고 상처가 아무는 속도 또한 느려지지 않았다.

자신이 군다와 처음 대면했을 때와 같은 상태인 것이다.

저둘은 서로를 격하며 더 성장할 것이다.

특히 레온이 얻을 게 더 많다. 그리고 그것을 보고 있는 란돌도 배우는 것이 많을 것이다.

그러니 이 자리를 끝내게 해선 안 된다.

"하면 무대는 오버월 경기장에 준비하도록 하겠습니다."

"그렇게 하시오."

결투 무대 옆의 오버월 경지 부지에 극단 무대가 준비되었다.

배경 역할을 할 벽체가 세워지자 배우들이 그 벽 뒤로 모여들어 마지막 점검을 진행했다.

"지금 뭘 또 하려나 본데? 뒤에 무대가 크게 만들어지고 있어."

"오-! 무희들이잖아! 무희들이 춤을 추려나 보구먼! 저쪽으로 가자."

"아직 결투 다 안 끝났는데. 지금 옮기자고?"

"이 정도면 볼 만큼 봤잖아. 지금 가서 자리를 맡아 놔야지, 뒷자리 앉으면 얼굴이나 보이겠어?"

"그것도 그렇구먼. 그럼 자리를 좀 옮기자고."

그즈음 되니 적잖은 사람들의 관심이 연극 무대 쪽으로 흘러갔다.

아무래도 잘 모르는 사람들의 눈에는 레온과 가름의 결투가 같은 동작만 반복하는 지루한 싸움으로 보였기 때문이다.

한두 명 사람이 빠지기 시작하니 그때부터 우르르 관중들이 자리를 옮겼다.

이것이 관중들의 반응을 위한 무대였다면 무대 위의 주인공들이 낙담할 일이었다만, 지금 저들에게 관중은 아무래도 상관없었다.

가름은 자신의 흥을 위해 싸우는 것이었고 레온은 새로이 얻은 경지를 점검하는 자리였으니 말이다.

그러니 카일 또한 자리를 옮겨도 될 일이었다.

"다음 식순을 준비해야 하니 나는 이만 먼저 일어나 보겠소. 경들께서 자리를 지켜 주시오."

카일은 사일론에게 그리 말한 후 연극 무대로 자리를 이동했다.

카일은 준비된 귀빈석으로 가서 앉았다.

무대가 정면으로 가장 잘 보이는 위치였다.

그리고 그 위치는 무대에서 가장 잘 보이는 위치이기도 했다.

"영주님, 극단에서 준비는 모두 되었다고 했습니다. 호명하시면 식을 시작한다 하였습니다."

카일은 반대편 무대를 보았다.

아직도 참격과 모래폭풍이 뿜어지고 있다.

"집중을 한번 시켜 줘야겠군."

카일은 자리에서 일어나 검을 들었다.

"오늘 이 자리에, 일찍이 바르테온에 없는 문화의 장이 펼쳐질 것이니. 비록 태어난 곳은 다르나, 살아가는 곳은 같을 그대들에게 별의 축복을 내리노라."

카일은 일부러 과장된 웅변과 몸짓으로 무대에 마나 별무리를 뿌려 줬다.

그 별무리는 무대 주변에 준비된 화로에 들어가 불을 피워 올렸다.

"와아아아아─."

관중은 환호성을 질렀고 사전에 준비되지 않은 연출에 감격을 한 것은 극단원들도 마찬가지였다.

그중에서도 카일을 직접 대면했던 리사의 느낌은 더욱 각별했다.

'뭐야, 엄청 까탈스러운 줄 알았더니……. 이렇게까지 챙겨 준다고? 참 속 모를 사람이라니까.'

"리사, 왜 집중 못 하고 혼자 웃고 있어? 나가서 인사해야지."

"아, 네. 알겠어요."

리사는 갤리언의 지적이 얼른 무대로 나갔다.

그녀 뒤로 극단원들이 줄줄이 걸어 나와 무대를 채웠다.

"오늘 이 자리를 마련해 주신 영주님께 무한한 찬사와 존경을 보냅니다. 극과 노래를 사랑하는 무희이자 배우로서 이 값진 무대와 보여 주신 여러분께 부끄럽지 않은 극을 보이도록 최선을 다하겠습니다. 일동 경례."

무희들이 함께 손을 잡고 역동적으로 허리를 숙였다.

그 간단한 인사에서도 몸을 쓰는 선이 전혀 달랐다.

"휘이이이─!"

"이야─ 곱다!"

버들가지가 낭창거리는 듯한 인사에 사내들이 환호성을 내질렀다.

지금까지 바르테온에서는 볼 수 없는 광경이었기 때문이기도 했고 그것이 거친 남성성을 자극하는 요소가 다분했기 때문이기도 했다.

리사를 필두로 한 무희들이 들어가고 갤리언을 중앙에 둔 무용수들이 앞으로 나왔다.

"이 자리를 빌어 자유로운 극을 준비할 수 있게 믿고 맡겨 주신 영주님께 감사의 인사를 먼저 올립니다. 벤자르의 극이 여러분의 눈에 만족스럽길 빌며 조심스럽게 인사드립니다."

갤리언이 정중히 무대 인사를 했고 그 뒤로 무용수들이 반듯한 자세로 허리를 숙였다.

"어쩜 벤자리안은 사내들이 저리 고와─!"

"쉰내 안 나게들 생겼네그래!"

"머리카락 윤기 나는 것 좀 보라지-! 오호호호."

이번엔 아낙들이 환호했다.

단원들의 외견만으로도 이 정도 반응이라면 무대는 안 봐도 성공적이리라.

"그러면 무대극 '수신님의 마법 베틀과 12인의 재봉사' 시작하겠습니다!"

장막이 쳐졌다가 다시 펼쳐졌다.

몸에 딱 붙는 복장을 한 무용수들이 푸른 천을 길게 늘어트리며 날렵하게 무대를 가로질렀다.

극은 첫 장면부터 역동적이고 매력적으로 시작하였다.

내용 자체가 흥미진진한 것은 아니었지만 그 춤과 노래를 관람하는 것만으로도 관중들은 흥에 겨워 어깨를 들썩거리며 휘파람과 환호성을 질렀다.

특히 12인의 재봉사가 마법의 베틀로 멋진 옷을 뽑아내는 것을 표현한 무대는 옷 역할을 하는 무용수들까지 함께 합쳐져, 진을 짜고 돌진하는 기사들의 모습을 보는 것 같았다.

'선전용으로 훈련된 단원들이라 그런가 호흡이 완벽에 가깝게 일치되어 있구나. 급조한 연극이 이 정도인데, 작정하고 제대로 준비한다면 크게 기대해 볼 만하겠어.'

무대장치가 빈약할 뿐 실력 면에서만 본다면 절대 조악하거나 어설프지 않았다.

무용수들은 기예라고 불러도 좋을 정도의 서커스 같은 움직임을 보였는데, 그것은 기사들의 검술과는 전혀 다른 놀라움을 줄 만한 몸짓들이었다.

실력은 이미 충분하니 여기에 마법과 기계 장비를 이용해서 무대장치만 확실하게 도와주면 어디에 내놓아도 자랑할 만한 문화가 될 것이란 확신이 들었다.

그리고 벤자르에서 보았던 무대들은 하나같이 골목 사이에 있어서 그리 규모가 크지 않았었다.

따지자면 열악한 환경이었다고 해도 될 일이다.

그런 그들에게 큰 지원을 해 준다면 저들 또한 마음이 동하는 일일 것이다.

카일은 지금 저 무대에 어떤 설비를 더 추가해 줄까 하는 궁리를 하며 무대에 집중했다.

그리고 마침 옷을 짜는 장면이 끝나고, 그다음 멋지게 만들어진 결과물이 등장하는 신이 시작되었다.

주인공 역할인 리사가 드레스를 입고 무대에 올랐다.

그녀는 그 화려한 드레스와 어울리는 화장과 몸짓으로 무대를 장악했다.

관중석이 침묵하는 가운데 리사는 반사적으로 귀빈석을 보았다.

리사는 무대를 뚫어져라 노려보는 카일과 눈이 마주쳤다.

'날 바라보고 있어. 아닌 척하더니, 이렇게 보니까 다르지? 그러니까 더 보라구. 내 전부를 보여 줄 테니까.'

리사는 오직 카일만을 향하는 목소리로 노래를 시작했다.

리사는 지금까지 무대에서 이런 감정을 느껴 본 적이 없었다.

빛으로 충만해지는 기분이었다.

그것은 다분히 카일의 시선 때문이다.

자신을 무슨 썩은 살구 보듯 하던 사람이 두 눈에 불을 켜고 집중을 해 주고 있다는 느낌은 어떠한 성취감을 넘어 희열감까지 느끼게 했다.

'당신도 결국 사내일 뿐이지. 일 잘하는 여자를 좋아한다고? 어디 보라고 내가 일을 못 하나. 나는 내 분야에서 최고야.'

그와 같은 희열이 리사의 기운을 들끓게 하고 기세를 뽑아 올렸다.

리사는 그야말로 열연했고, 지금 바로 이 순간 자신의 모습이 여신과 같을 거란 생각에 가득 찼다.

"널리 번창하리라아—!"

리사의 열창이 완벽한 마무리로 끝나고 무대의 장막이 내려왔다.

리사는 그 순간에도 오직 카일만을 바라봤다.

'한시도 나에게서 시선을 떼지 못하잖아. 오늘 밤 내가 찾아갈 테니까, 당신도 이만 솔직해지라고.'

리사는 화사하게 웃으며 무대를 마무리 지었다.

"잘하긴 잘하는군. 사사레 경, 경은 어떻게 보았소?"

"아주 보기 좋은 노래와 무대였습니다. 11단의 모습을 아름답고 멋지게 표현한 것도 아주 좋다고 생각했습니다."

"영지민들이 편히 즐기기에 너무 선전하는 느낌이지 않소?"

"선전이라니요?"

"치적을 선전하는 느낌이 들지 않냐는 거요. 영지민들이 순수하게 즐길 만하겠냔 말이지."

"딱히 불편한 느낌은 받지 않았습니다. 배우들의 춤 솜씨와 노래 솜씨가 워낙 뛰어나 내용에 크게 신경 쓰지 않을 듯합니다."

"경이 그렇다고 하니 내가 너무 과민한 것 같군. 연극 공연은 계속해서 진행될 것이오. 정보단과 협업하여 공연에 대한 영지민들의 평을 취합하시오. 그것을 토대로 어느 정도 지원을 할 것인지 결정하겠소."

"하면 지원은 이미 확정된 것입니까?"

"그렇소. 예술 문화가 부족한 우리 바르테온에 꼭 필요한 영역이라고 생각하고 있소."

"알겠습니다. 하면 중요 사안으로 놓고 관리하도록 하겠습니다."

"그리하시오."

공연을 보이는 식까지 끝났다.

이제 마지막 불놓기 순서가 남았다.

높게 쌓은 통나무 탑에 불을 놓는 것인데, 자정 전까지는 그 불탑에 신년의 바람과 소원을 빌고 자정이 지난 다음에는 연인을 만드는 사교의 장이 된다.

영주가 공인해 주는 고백의 시간 같은 것이라 이 불놓기까진 반드시 영주가 직접 해야 한다.

그리고 올해 신년식에는 불을 놓는 상징적인 의미 이외에도 기술적인 영역에서 카일이 직접 감독해야 할 부분이 있다.

"이제 다음 식순으로 이동합시다."

"예, 영주님. 하온데 저들을 그냥 저리 두어도 될는지요?"

사사레가 마상시합장을 가리켰다.

레온과 가름은 아직도 싸우고 있었다.

이제는 함께 싸우던 다른 드워프들도 전부 무대에서 내려온 다음이었고 구경을 하는 관중 중에 일반인은 아주 극소수였다.

"상관없을 것이오."

카일은 그런 레온을 두고 중앙광장으로 이동했다.

본래라면 통나무 탑이 완성되어 있어야 할 자리가 비어 있다.

작년까지만 해도 신년식 준비를 할 때 통나무 탑을 미리 만들어 두었지만 올해는 일부러 하지 말라 했다.

"1년의 바람과 목표를 세우고자, 높고 곧은 불로 하늘을 섬깁니다."

카일은 의례적인 예식문을 간단히 먼저 읽곤 술사들을 움직이도록 지시했다.

술사들은 준비된 통나무를 골렘으로 연성시켜 광장의 중앙으로 걸어가게 했다.

동바르테온을 재건할 때 심심찮게 골렘을 보았지만 이렇게 가까이서 보는 것이 처음인 사람들이 많다.

그리고 오늘은 공사를 할 때보다 훨씬 큰 골렘들이다.

통나무 탑을 쌓는 골렘들은 인간 탑을 쌓는 것처럼 골렘 위에 골렘이 올라가면서 하늘에 닿을 듯 높게 솟구쳤다.

"우와ㅡ. 이렇게도 되는구나…….'"

"이 탑에 불을 붙이면 그 불길이 정말 하늘에 닿는 거 아닐까?"

"그럴지도 모르겠어. 구름들이 놀라서 도망갈 거야."

사람들은 목을 꺾어 가며 골렘들이 탑이 되는 것을 경외롭게 쳐다봤다.

그 와중 카일은 정신을 집중하여 나무 골렘들이 엮여 나가는 것을 조율했다.

만약 잘못하여 불이 타는 채로 탑이 허물어지기라도 한다면 대형 인명 사고가 날 수 있다.

철저한 계산으로 불에 탄 통나무들이 안쪽으로 허물어지도록 설계해야 한다.

그렇게 탑을 다 쌓으니 어느덧 자정을 바라보고 있었다.

카일은 긴 웅변 없이 바로 불을 붙였다.

혈기 왕성한 사내들과 아리따운 여인들이 벌써부터 나와 목을 빼고 있었던 탓이다.

"휴우−. 너무 늦지 않았군. 더 늦었으면 아주 원성을 살 뻔했소."

"금일 하루 노고가 크셨습니다."

"경의 수고에 비하면 일도 아니었소. 공식 일정은 끝났을 것인데, 내가 더 남아서 확인해야 할 게 있소?"

"그렇지는 않습니다. 이만 퇴관하셔도 좋습니다. 남은 행사 관리는 제가 진행하겠습니다."

"알겠소. 내일부터는 연회만 이어질 테니 오늘까지만 수고합시다. 친위단원들도 있으니 너무 살피지 말고 편히 감독하시오."

"예, 영주님. 조절해 가며 쉬겠습니다."

카일은 혹시 모를 화재 대책으로 니켈을 붙여 두곤 공식 일정을 끝냈다. 하지만 그렇다고 해서 바로 잠자리에 들 수 있는 건 아니다.

울드를 살펴야 한다.

레온이 문을 열고 나왔으면 지하로 들어가는 길이 열린 것이니 울드와의 약속을 지켜야 하는 상황이다.

행사 중간중간 친위단을 통해 관저의 상황을 물었을 땐 울드에게 별다른 움직임은 없다고 했었는데, 그 말처럼 울드의 요람은 아침과 다를 것 없이 그대로였다.

하지만 카일이 도착하자마자 요람이 펼쳐진 것을 보면 울드가 카일을 기다리고 있었음을 알 수 있었다.

"기다리고 있는 것인 줄 알았으면 더 빨리 왔을 것을."

"목소리를 듣고 있었을 뿐 기다림을 위한 시간은 아니었습니다."

"알겠소. 문은 이미 열렸으니 들어갑시다."

카일이 먼저 길을 권했다.

울드는 기도하는 자세를 유지하며 카일을 따랐다.

기사의 꼿꼿함 이상의 신관으로서의 경건함이 느껴졌다.

카일은 앞서서 지하 공동으로 들어갔다.

자신이 끌어다 붙여 둔 마나 대맥이 전과 다르게 요동쳤던 흔적을 느꼈다.

레온이 깨달음을 얻는 과정에서 남은 흔적이다.

"보면 알겠지만 이 뒤로 나 있는 동굴은 몸을 상하게 하는 기운을 뿜는 수정이 있소. 그쪽으론 발을 들이더라도 대비를 하는 게 좋소."

"참고하겠습니다."

"편히 살펴보시오."

"알겠습니다."

카일은 울드가 편히 목소리를 들을 수 있게 혼자 두고 밖으로 나왔다.

통로 밖으로 나오니 저 중앙광장에서 치솟는 불꽃이 보

였다.

계산한 대로 윗단에서부터 아주 예쁘게 잘 타고 있다.

"불도 잘 타고, 레온도 별 탈 없을 거고. 신관도 안내해 줬으면……. 얼추 볼일은 다 끝낸 거지."

카일은 손을 탁탁 털었다. 정말 빈틈없이 꽉 찬 하루였다.

그리고 지금까지 쌓아 온 것들이 흔들리는 것 없이 잘 진행되었다. 흡족한 일이었다.

내일은 연회를 진행하고 모레에 그간 말린 논공행상을 해 주면 신년식이 말끔히 끝날 거다.

"마나술 배포에 대한 불만도 그때 한 번 더 잘 풀어 주면 될 거고. 레온이 시선을 많이 가지고 가서 일이 좀 더 수월하게 갈 만하지."

펜타소드 또한 레온을 통해 새로운 자극을 받았다.

그들도 지금까지와 다른 마나 운용술이라면 눈이 돌아갈 만한 심정인 것이다.

그러니 카일이 배포할 마나술에 있어서 자신들이 필요한 것만 배우고 일반 영지민들에겐 배포하지 말란 말은 도저히 할 수 없을 것이다.

혹여 그렇게 말한다면 기사도를 들어 벌을 하면 되니 오히려 더 좋다.

"딱히 문제 될 건 없겠어."

카일은 그렇게 정무를 복기하며 천천히 저택으로 이동

했다.

"영주님~."

현관에 도착할 즈음 나긋한 목소리가 먼저 마중을 나왔다.

레이첼이었다. 그녀는 카일이 선물한 붉은 드레스를 입고 있었다.

잘 어울릴 거라 생각했는데 역시나 잘 어울렸다.

"어쩐 일이오?"

"어쩐 일이냐니요. 제가 못 올 곳 왔나요?"

"왜 왔냐는 뜻은 아니었소. 용무가 있나 해서 물은 것이오."

"용무요? 아아~ 하기야, 영주님은 목적이 없으면 대면을 안 하는 성격이신 걸 제가 깜빡했네요! 그 중요한 걸 잊어 먹다니. 왜 이렇게 바보 같담."

레이첼은 자세는 꼿꼿한데 혀는 영 비틀거렸다.

"술을 많이 하셨소?"

"조금? 아주 조금요. 드라칸이 혼자 퍼먹는데 가만히 있을 수가 없어서요."

"군다와 대작을 해 주셨소? 내가 할 일을 그대가 하였군."

"여하튼! 용무 있어요. 용무가 있죠. 물론 용무가 있어서 왔다 이 말이에요!"

레이첼이 손가락을 쭉 뻗으며 말했다.

그녀도 경지가 있으니 술기운을 날려 버리려거든 얼마든지 날려 버릴 수 있었다.

하지만 그러지 않은 것을 보면 술기운을 빌리고 싶은 모양이었다.

"말씀하시오. 그대의 용무라면 내가 두 일 마다하고 들어봐야지."

"으그그그. 하여간. 어쩜 말을 그렇게 기대하게 해요?"

"내가 그랬소?"

"소싯적에 아주 방탕했다 하시던데, 그 가락이 나오는 거죠? 아주 여럿 울렸겠어요."

카일은 그녀의 주정 아닌 주정에 피식 웃었다.

이 정도 못 받아 줄 정도로 속이 좁지도 않고 그녀와의 관계가 가벼운 것도 아니다.

"내 한때 가무를 즐긴 것은 맞으니 부정은 않겠소. 그것을 핀잔 주려 그리 술에 취해 온 것이오?"

"맞아요! 그것을 핀잔 주려고 왔죠!"

"아하하. 알겠소. 마저 핀잔 주시오."

"영주님께선 평생 놀 걸 미리 다 당겨 놀아서 이젠 놀지 않을 참인가요? 어떻게 사람이 그렇게 일만 해요?"

"내가 내 일이란 걸 가져 본 적이 없어서 그러오. 일이 잘되니 일할 맛이 나서 그런 것도 있고."

"아니요! 그게 아니라요! 그렇게 눈치 빠르고 뭐든지 다 아시는 분이! 지금 저렇게 불탑이 활활 타오르고 있는데요!"

레이첼은 저 밖에서 높이 타고 있는 불기둥을 가리켰다.

지금은 자정이 넘었으니, 아마 저 주변으로 수많은 남녀가 손을 맞잡고 춤을 추고 있을 것이다.

이쯤 되면 못 알아먹는 척을 하는 것도 사람 바보 취급하는 일이다.

그럴 거였으면 처음 레이첼을 보자마자 일이 바쁘다는 둥, 피곤하다는 둥, 핑계를 대고 얼른 저택으로 들어가 버렸어야 했다.

그럴 것까지는 있겠냐 싶어 그녀의 주정을 들어 주고 있었던 것이다.

"오늘 그리 주정을 하면 내일 어찌하려 그러시오?"

"어쩌긴 뭘 어쩌나요? 어차피 술에 왕창 취해서 기억이 하나도 안 날 텐데요!"

"하하하하. 그렇소? 그러면 어차피 기억도 안 날 것, 한 곡 추시겠소? 괜찮다면 말이오."

그러니 그녀가 차마 먼저 꺼내지 못하고 있던 말을 먼저 해 주는 것도 나쁘지 않다고 여겼다.

어차피 기억을 못 할 것이라 하니 말이다.

"아휴— 정말! 영주님께서 그렇게 청하신다면 제가 뭐 별수 있나요. 말을 들어야지."

레이첼은 새침한 표정을 하며 나긋이 손을 내밀었다.

한껏 새침해지고 싶은 것은 그녀의 욕심일 것이고, 이 나긋한 손짓이 가려지지 않는 본심일 것이다.

카일은 그녀의 손을 살며시 받쳐 들었다.

"그럼 실례하겠소."

카일이 그녀의 허리를 부드럽게 감싸 쥐었다.

레이첼은 작은 숨소리를 내며 카일에게 몸을 기대었다.

노랫소리라면 저 멀리서 잔잔히 들려 오고 있으니 따로 필요치 않다.

작은 새소리처럼 곁들여지는 숨소리만 해도 충분했다.

"어쩜 시간이 이렇게 빨리 가죠."

한 곡이 다 흘러갈 때쯤 레이첼이 고개를 푹 묻고는 그리 말했다.

"겨울이라 그런가 보오."

"그러게요. 겨울이네요. 그러니까 조금 더 이렇게 있어요. 어차피 내일이면 하나도 기억 못 할 테니까요."

카일은 대답하지 않았다. 대신 더욱 가까이 안겨 오는 레이첼을 부드럽게 이끌어 줄 뿐이었다.

그렇게 둘의 춤사위가 잔잔히 흘러가는 한편, 정원의 한쪽에선 이를 악물고 숨을 죽이는 이가 있었다.

"흐윽. 흐으으윽."

리사는 마음속 깊은 곳에서부터 솟구쳐 오르는 감정을 어찌 주체할 수가 없었다.

너무 화가 나고 억울했다.

어떻게 저럴 수 있는지.

방금 전 자신에게 그렇게 뜨거운 눈빛을 보내 놓고 저렇게 다른 여자를 품에 안고 춤을 추는 것인지.

그리고 그 여자가 하필이면 자신이 한 번 걸쳐 볼 수도 없었던 그 드레스의 주인공이란 사실까지도.

리사는 정말 내장이 부글거리고 팔다리가 후들거렸다.

연극의 지문에서만 본 표현들이 순 과장일 줄 알았는데, 정말 이렇게 팔다리가 떨리고 아랫배가 부글거릴 수도 있구나.

등줄기로 불덩이가 지나가는 것 같다더니, 진짜 그럴 수 있구나.

리사는 자신의 양어깨를 꼭 움켜쥐며 눈물을 삼켰다.

'빌어먹을 나쁜 남자 같으니. 난봉꾼, 바람둥이 같으니! 자기가 잘났으면 얼마나 잘났다고, 사람을 이렇게 가지고 놀아!'

평소라면 오히려 이런 상황일수록 허리를 꼿꼿하게 세우고 저 앞으로 나갔을 텐데, 오늘만큼은 도저히 그럴 수가 없었다.

이름난 영애들 앞에서도, 자신을 무희라고 무시했던 위상 높은 부인 앞에서도 이렇게 초라해진 적이 없었는데.

리사는 도저히 이 자리에 있을 수가 없어, 입술을 바들거리며 몸을 돌렸다.

무대에서 연기로만 표현했던 감정들이 폭풍같이 몰아쳐 들었다.

연기를 할 때와는 그 너울의 크기가 비교가 되지 않았다.

연기는 그야말로 연기일 뿐이었다.

"어! 리사?"

리사는 자신의 이름을 부르는 소리에 우뚝 발을 멈춰섰다. 누군가 했더니 비슈였다.

비슈는 입안 가득 도토리를 문 다람쥐 같은 얼굴로 네 명의 기사들에게 호위를 받고 있었다.

거기에 옷도 북슬북슬한 털옷으로 머리끝부터 발끝까지 꽁꽁 싸매고 있었다.

안 그래도 둥글둥글한 체형인데 옷까지 그렇게 입고 있으니 눈사람이 걸어다닌다고 해도 될 만했다.

리사는 그런 비슈를 보곤 너는 여전하구나라는 말이 반사적으로 떠올랐지만, 목이 꽉 막혀 그 말이 꺼내지지 않았다.

"리사 맞지? 무대에서 봤을 때부터 긴가민가했어. 나 비슈야."

비슈가 걸치고 있는 옷들이 하나같이 최고급의 가죽으로 만들어진 옷들이란 것도, 그녀를 호위하고 있는 기사들이 여느 가문의 기사단장급 되는 인물들이란 것도.

그리고 저렇게 아무 근심 걱정 없이 바보 같은 얼굴로 편히 돌아다니고 있다는 것도.

그 모든 게 전부 그 사람의 보살핌을 담뿍 받고 있다는 증거처럼 보였기 때문이다.

"못 알아보겠어? 얼굴이 조금 많이 바뀌었나?"

비슈는 모자를 벗고는 늘어지는 머리칼을 뒤로 넘겨 보였다.

리사는 참으로 화가 났다.

"넌 정말…… . 여전하구나."

리사는 억지로 비집어 낸 말을 던지곤 도망치듯 관저를 빠져나왔다.

이런 멋진 드레스를 걸치고 마차도 없이 밤거리를 뛰어가고 있는 꼴이라니.

리사는 정말이지 강물에라도 빠지고 싶은 심정이었다.

한번 격해진 감정은 좀처럼 정리가 되지 않았다.

울지 않으려 했지만 펑펑 쏟아지는 눈물을 어떻게 주체할 수가 없었다.

리사는 눈물을 쏟아 내며 숙소로 들어섰다.

"리사, 벌써 온…… 아니, 왜 울어? 무슨 일이 있었던 거야?"

리사를 기다리고 있던 갤리언이 깜짝 놀라 리사를 보았다.

하지만 리사는 멈추지 않고 성큼성큼 2층 자신의 방으로 올라갔다.

"리사, 리사, 대체 무슨 일이야? 무슨 일이길래 그래!"

"아, 몰라요! 다 싫어요! 다 싫다고요!"

리사는 방문을 쾅 닫고 들어갔다.

그러곤 화장대에 털썩 주저앉았다.

거울에 비친 자신의 모습이 너무나 형편없어 보였다.

"뭐 좋다고 이딴 귀걸이며 화장이며!"

리사는 귀걸이를 거칠게 빼서 집어 던지고 수건으로 얼굴을 박박 문질렀다. 화장은 얼룩처럼 제멋대로 지워졌고 볼은 붉게 달아올랐다.

우아하게 말아 내린 머리카락도 죄다 헝클어져 버렸다.

"정말 형편없어!"

리사는 촛불도 휙 불어 꺼 버렸다.

그런데도 거울이 가려지지 않는다.

높게 뜬 보름달이 너무 밝은 탓이었다.

"거지 같은 바르테온!"

"리사, 진정해라! 대체 무슨 일이길래 이렇게 흥분한 거야!"

참다못한 갤리언이 리사의 방 안으로 들어왔다.

"다 싫다고요. 내가 대체 왜 이런 감정을 느껴야 하는지 모르겠단 말이에요!"

"리사, 그 자식이 널 해코지라도 한 거냐?"

"차라리 그랬으면 다행이었게요? 이미 다른 여자랑 히히덕거리고 있었다고요! 아─. 진짜 모르겠어요. 대체 무슨 생각으로 사는 건지. 머릿속을 뜯어보고 싶다고요."

"리사, 너 대체 무슨 생각을 하는 거냐? 왜 이렇게 감정적이 되었어? 네가 지금 뭘 망각하고 있는지 똑똑히 생각해 봐라! 정신 차리란 말이야!"

갤리언이 리사의 어깨를 부여 쥐며 낮게 소리쳤다.

갤리언이야말로 속이 타들어 가는 심정이었다.

"제가 뭘요? 그 사람을 꼬시면 되는 거잖아요. 그 사람이 나에게 푹 빠져서 정신 못 차리게 만들면 되는 거 아닌가요? 그게 목적이잖아요."

리사는 반발심 가득한 눈으로 쏘아붙였다.

갤리언은 탄식했다.

리사는 까탈을 부리기 시작하면 한도 끝도 없이 짜증을 부리는 녀석이었더랬다.

그 성미를 무대의 주인공이 된 다음부턴 좀처럼 보인 적이 없어서 잊고 있었다.

"리사, 이제 고작 3일이다, 겨우 3일이야. 아무리 사랑에 금방 빠지는 사람도 어떻게 3일 만에 사랑에 빠지겠니."

"그럼 지금까지 절 사랑한다고 한 귀족들은 전부 거짓말을 한 건가요? 그들은 전부 저에게 첫눈에 반했다고 했어요."

"그걸 부정하는 말이 아니다. 단지 이번 상대는 좀 더 까다롭다는 말을 하는 것뿐이다. 본래 오르기 힘든 산이 올랐을 때 더 큰 만족과 성취감을 느낄 수 있는 거란다. 바르테온 영주는 네가 지금까지 대면했던 그 어떤 귀족들보다 높은 산이다. 그걸 잊으면 안 된다."

"알았어요. 알았으니까 이 손이나 좀 놓으세요. 아파요."

"그, 그래. 미안하구나. 나도 모르게 힘이 들어갔다."

"혼자 있고 싶어요. 나가 주세요."

"알겠다. 오늘 연기 아주 좋았다. 그리고 다음에 준비하고 있는 연극은 여주인공이 아주 아름답고 매력적으로 나올 거란다. 물론 네가 주인공이고."

"알겠어요. 일 이야기는 내일 해요. 피곤해요. 쉬고 싶어요."

"리사, 너는 차라리 화내는 모습이 더 어울린다. 무슨 일인진 정확히 모르겠지만 기죽지 마라."

갤리언은 그렇게까지만 말하곤 방 밖으로 나갔다.

혼자 된 리사는 제대로 씻지도 않고 이불 속으로 푹 파묻혔다.

눈을 질끈 감아 보지만 아까 보았던 그 싫은 기억들이 자꾸 머릿속에 맴돌았다.

다 받아 주겠다는 듯한 인자한 표정의 그 사람.

그 안에 폭 안겨 있던 붉은 드레스의 그 여자.

그리고 세상만사 아무 걱정 없다는 듯한 바보 같은 표정의 비슈.

그 둘도 둘이었지만 정작 이제 와서 리사의 속을 가장 뒤집어 놓고 있는 것은 비슈였다.

'별낙원에 있을 때는 맨날 비 맞은 쥐같이 눈치나 보고 다녔으면서…….'

비슈는 항상 의기소침해 있었고 눈치를 살피며 다녔었다.

어깨를 잔뜩 굽히고 안 그래도 부스스한 머리칼을 정리

하지 않아서 음침하게 얼굴을 가리고 다녔더랬다.

그냥 옆에만 있어도 다른 사람까지 맥 빠지게 하는 그런 존재였단 말이다.

그리고 그 모습은 벤자르에 있을 때라고 해서 딱히 다른 것도 아니었다.

그런데 지금은 뭐 저렇게 세상만사 아무 걱정 없는 표정으로 다니고 있는 건지.

'그런 안식은 낙원에서나 느낄 수 있는 거라고 했는데. 실패작 소리나 듣던 녀석이 왜 이제 와서 그런 편한 얼굴로 있는 건데.'

리사는 그것에 대한 이해가 필요했다.

평소 캐릭터를 분석하고 이해해서 연기를 하던 버릇 때문이든, 그냥 비슈의 모습이 이해가 안 되어서든.

어찌 되었든 제발 이해를 하고 싶었다.

왜 그렇게 편해질 수 있었던 것인지.

왜 자신이 이런 말도 안 되는 감정의 소용돌이 속에 던져져야 하는 것인지.

왜 이렇게 비참해야 하는지.

그 사람은 왜 자신을 바라보지 않는 건지.

한참 밀려드는 감정에 발을 동동 구르던 리사는 벌떡 이불을 젖히고 일어났다.

"일 잘하는 사람이 좋다며! 그래서 잘했잖아. 완벽하게 했잖아! 그런데 뭐가 모자랐어? 나보다 그 여자가 더 일을 잘한다 그거야? 그래, 그렇겠지. 그 여자는 영주니까! 태어나길 영주로 태어났으니까! 그렇다고 내가 이대로 물러날 줄 알아? 나는 지금까지 져 본 적도 없고 실패해 본 적도 없다구!"

리사는 자신의 감정을 다시 분노로 불태웠다.

✦

"아휴. 아휴—. 정말, 아휴—."

아침 인사를 온 레이첼은 얼굴을 붉히며 연신 새된 한숨을 쏟아 냈다.

"잘 주무셨소?"

"죄송해요. 제가 정말 못난 모습 보였어요."

"못난 모습이라니?"

"제가 어제……. 크게 실수한 것 아닌가요? 눈을 떠 보니 저택이라서요……."

오늘 아침 시종의 부름으로 눈을 떴을 때, 레이첼은 얼마나 이불을 발로 찼는지 모른다.

눈을 뜬 곳이 카일의 저택이었기 때문이다.

솔직히 어젯밤에 함께 춤을 춘 것까지는 기억이 났다.

그거야 술기운을 빌려 춤을 청하고 싶었던 것이니 말이다. 그런데 그 이후에 잠이 들기까지가 기억에 없다.

"손님으로 와서 손님방에서 잠을 청한 건데, 그게 실수겠소?"

"그…… 영주님과 술을 한잔 더 한 것까진 기억이 나는데…… 그다음은 잘 기억이 없어서요. 정말 죄송해요. 제가 이런 모습 보이려고 어제 찾아온 게 아니었는데……."

"아마 실수한 것 없을 것이오. 그리고 실수를 했다 쳐도 별일 있었을까 싶소."

"그래도 영주님께서 다 보셨을 텐데……."

"나도 기억이 잘 나지 않아서 말이오. 근 1년 만에 술을 그렇게 먹어서 그런가 금방 취하더군. 나도 아마 어제는 시종들에게 업혀서 방에 들어갔을 거요."

레이첼은 그럴 리 없잖냐는 말 대신 그냥 고개만 푹 숙였다.

카일이 자신을 배려해서 일부러 저리 말한다고 여겼기 때문이다.

"그보다 속은 괜찮소?"

"네. 괜찮아요. 말짱해요."

"그렇다면 다행이오. 오늘은 줄줄이 연회가 있을 것이오. 그대가 좋아하는 영애들의 논검 자리도 있을 것이니 곳곳마다 참석해 자리를 빛내 주시오."

"네. 그럴게요."

레이첼은 그렇겠단 말 다음에 무슨 말이라도 더 하고 싶었다. 그런데 카일은 벌써 보고서에 집중하고 있었다.

그 얼굴을 보고 있자니 어젯밤에 같이 손을 잡고 춤을 추었던 게 정말 꿈에서 있었던 일처럼 느껴졌다.

'휴우-. 그래. 이런 분인걸.'

레이첼은 어깨를 툭 털었다.

"그럼 저는 나가 볼게요. 연회 무대에서 뵈어요."

"이왕 저택에서 머문 것, 온천도 즐기고 가시오. 날이 겨울이라 그런가 여름과 다른 운치가 있소."

또 이렇게 친절히 말해 준다. 레이첼은 한 번 더 어깨를 툭 털었다.

"그래요. 그렇게 할게요. 이왕 대접받는 것 식사도 하고 갈게요."

"식사는 연회에 가서 해야지, 여기서 혼자 먹고 가서야 되겠소? 온천 즐기다 오시오. 그즈음이면 오늘 볼일은 거진 끝나니 같이 나갑시다."

"정말요? 정말 같이 나가요?"

"다른 일정이 있소?"

"아니요. 전혀요. 전혀 없어요. 그냥 저랑 같이 나가도 되나 해서요."

"혈맹인데 안 될 것 없지 않소. 그리고 군다에게 함께 가서 상의할 것도 있고. 여하튼 그렇게 합시다."

"네, 알겠어요. 그러면 금방 끝내고 올게요."

레이첼은 금세 히히 웃는 얼굴이 되어 집무실을 나갔다.

카일은 다시 보고서를 훑었다.

연극 무대에 대한 영지민들의 반응에 대한 보고서였다.

얼마간 보고서를 보고 있는데 리사가 집무실에 찾아왔다.

오늘은 또 다른 얼굴이었다. 눈에 독기가 서린 얼굴이랄까.

"무슨 일인가?"

"오늘은 어제와 다른 연기를 보여 드리겠다는 말씀을 드리려고 왔습니다."

"나쁠 것 없지. 그렇게 해. 따로 지원이 필요한 게 있으면 행정관에게 말하도록 하고."

"예. 시간이 되신다면 방문하시어 자리를 빛내 주시기 바랍니다."

"그리하지."

리사는 지지 않겠다는 생각으로 주먹을 꽉 말아 쥐었다.

"그럼 나가 보겠습니다."

"그래. 그리고 호위 붙여 줄 테니 가급적이면 혼자 다니지 말도록."

"네?"

"어제 무대 의상을 입고 혼자 돌아다녔다던데. 바르테온이 치안이 좋긴 하지만, 그렇다고 사고가 아주 없는 것도 아니야. 위험할 수 있으니 야밤에 그리 혼자 돌아다니지 말도록 해."

카일의 말에 리사가 말아 쥐고 있던 주먹이 스르륵 풀려 버렸다.

'이 사람…… 진짜 뭐 하자는 거야?'

리사는 도저히 갈피를 잡을 수가 없었다.

"저기요, 영주님."

왠지 톡 쏘는 어투였다.

"저한테 왜 그러세요?"

그리고 방금은 대놓고 따지는 어투였다.

"무슨 소리야?"

"저를 가지고 노시는 건가요?"

리사는 얼굴과 몸짓으로 아주 어처구니가 없고 황당하다
는 마음을 아주 적극적으로 표출했다.

카일은 책상 위의 다른 보고서를 힐끗 쳐다봤다.

극단원 숙소를 담당하는 정보단에서 올린 것이다.

저 안에 리사가 지금 이러는 이유가 들어 있을 텐데, 아직
훑어보기 전이다.

"자네가 왜 그런 말을 하는지는 모르겠다만, 자네의 태도
가 아주 불손하다는 것은 알겠군."

"지금 또 그러시네요. 아니, 진짜 왜 그러세요? 저한테 일
부러 밀당하시는 거예요? 그것도 좀 적당히 단계를 조절해
가면서 하셔야죠. 머리채 잡아 쥐고 마구잡이로 흔드시면 어
떻게 해요?"

리사는 가슴을 쿵쿵 때리며 역정을 냈다.

방금 전까지 독기 품은 눈을 했던 사람의 감정으론 이해가

되지 않을 정도였다.

"내가 아무리 생각해도 자네에게 그런 말을 들을 행동은 하지 않은 것 같군. 출중한 인재이니 변론할 기회는 주지. 이유가 마땅치 않다면 그에 맞는 벌을 받아야 할 거야."

"벌요? 벌을 준다고요? 좋아요. 주세요. 벌을 다 받고 나면 그다음엔 또 어떤 따뜻한 말로 저를 흔들어 놓을 참이죠?"

"머리부터 좀 식혀야겠군."

카일은 마나를 일으켜 그녀의 기운을 간섭했다.

"한 조직의 수석이란 자리에 있는 만큼 아주 눈치가 없는 사람은 아니라 여긴다. 지금은 처신을 아주 잘해야 할 상황이다."

걷잡을 수 없이 끓어올랐던 그녀의 기운이 차츰 차분하게 잦아들었다.

"불손한 그 눈빛 먼저 우선 정정했으면 좋겠군."

카일이 엄히 지적했다.

리사는 그제야 자신이 누구 앞에서 소리를 질러 댔는지 깨달았다.

적군의 수괴인 것을 떠나, 인간의 경지를 넘어선 마스터에게 무서운지 모르고 덤벼 댔던 것이다.

리사는 무릎과 양손을 다소곳이 모으며 공손한 자세를 취했다.

"자네가 가진 낙원단으로서의 상징성과 무대에서 보인 무희로서의 훌륭함이 아니었다면 이런 기회는 없었을 것임을 알아라."

공식적으로 그녀는 낙원단의 투항자다. 하지만 카일은 그것이 위장 투항이란 것을 이미 알고 있다.

그녀가 가진 상징성은 투항한 낙원단임과 동시에, 비밀 작전을 수행하는 낙원단의 핵심 인력이기도 하다.

친위단에서 충분히 대비를 하고 있기에 안보 관련해서는 신경을 쓰지 않고 있었지만 이렇게 자신에게 직접 닥친 일까지 미룰 건 없다.

아무리 신경을 덜 쓴다고 해도 결국 최종 결재는 자신이 해야 하는, 자신의 일이기 때문이다.

"방금 불손에 대한 전후 사정을 설명해라. 소명 기회는 두 번 주어지지 않는다. 이다음은 추국이 될 것이다."

카일은 자신의 기운을 숨기지 않고 분출하여 엄히 일렀다.

리사가 아무리 강단이 있다고 한들 그 중압감을 버틸 수는 없다.

"어젯밤에 저를 그렇게나 뚫어지게 쳐다봤잖아요. 저를 원한다고, 욕망이 가득한 그 눈으로 저를 한시도 놓치지 않고 계속 쳐다봤잖아요. 아닌가요? 아니라고 하실 참인가요?"

아니지 않다. 그렇게 봤다. 단 하나의 동작도 놓치지 않으려 아주 뚫어지게 쳐다봤다.

리사의 모든 춤과 노래를 스캔하여 기록하고 있었기 때문이다.

혹시라도 나중에 연극 교범 같은 것을 만들면 기반 자료로 삼을 생각으로 말이다.

"자네에게 집중한 것은 맞다. 훌륭한 가무였기에 그리 했다."

"그러세요? 하지만 저는 느꼈는걸요. 영주님의 눈빛에서 너를 가지고 싶다는 욕망을요. 아니었나요? 진짜 아니었나요?"

엄밀히 따지면 리사가 아니라 리사의 실력에 욕심을 낸 것이었지만 그 눈빛을 받은 당사자는 그렇게 느낄 수도 있으려나 싶긴 했다.

"내가 아니라고 한들, 자네가 그리 느낀 것이 지금 행동의 원인이라면 그렇게 이해하고 넘어가야겠지. 그래서?"

"그래서라뇨? 한낱 무희인 제가 이름 높은 영주님의 시선을 받았는데, 어찌할까요? 무대가 끝나고 영주님을 찾아갔죠. 그런데 이미 다른 여자와 아주 애틋하게 춤을 추고 계시더군요. 그럴 거면 대체 저는 왜 부른 것이죠?"

"그 부분은 정확히 해야지. 난 자네를 부르지 않았어."

"부르지 않은 게 아니죠."

"내가 자네 입장을 존중하는 것처럼, 자네도 내 입장을 존중하도록 해. 다시 말하지만 나는 그런 명령을 내리지 않았어. 그래서? 자네는 그런 과정 때문에 내가 자네를 휘둘렀다고 생각하는 것인가?"

리사는 지금 이 순간 자신을 보는 카일의 눈빛에 잔뜩 주
눅이 들어 목을 움츠렸다.

지금 시선이 처음 자신을 봤을 때의 그 시선과 같았기 때
문이다.

흡사 무기물을 보는 듯한, 길가의 돌멩이를 보는 것 같은
무심한 눈.

아무런 가치를 찾을 수 없는 존재를 대하는 것 같은 눈빛.

리사는 지금 자신이 이 사람의 선 밖으로 내쳐졌다는 것을
인지했다.

심장이 덜컥 내려앉는 기분이었다.

속이 타들어 가고 심장박동이 쿵쿵 요동쳤다.

'내가 왜 이러지? 정체가 탄로 난 것도 아닌데……. 정신
차리자. 정신.'

"따뜻한 말이라고 한 것을 보면 호위를 붙여 준다고 한 말
을 가지고 한 것일 테고. 지금 벌을 운운하는 것도 내가 자네
를 휘어잡기 위해서 일부러 연기를 한다고 생각한 것이고?"

리사는 말문이 잘 떨어지지 않아 모이 쪼는 닭처럼 고개를
끄덕였다.

"이 모든 것은 내가 자네를 취하고 싶어 한다는 전제가 깔
려 있어야 하는 것 아닌가?"

"그런 것 아닌가요?"

"왜 그렇게 생각하지?"

"저를……. 그러니까 저를 취하고 싶어 하지 않은 남자는 없었……거든요."

카일은 그녀의 경험이 틀렸다고 생각하진 않았다.

그녀의 실력과 외형은 충분한 개연성이 된다.

다만 지금까지 예외를 만나지 못했기에 저러는 것이다.

"그렇다면 내가 첫 번째 예외가 되겠군."

"아니라는 말인가요?"

"내가 군이 자네에게 동할 것도 없고, 설령 정말 동했다 한들 그런 귀찮은 짓을 했을까 싶군. 영주가 무희를 취하는 게 허물도 아닌데, 명령하면 그뿐인 것을."

"그, 그거야……."

"내가 그럴 만한 능력이 부족하다고 생각하는가?"

"그건 아니에요."

"별 시답잖은 것으로 아침부터 시간을 빼앗기는군. 자네 의 그 생각이 오해임을 분명히 하지. 내가 원하는 건 자네의 실력과 재능이야. 그것을 높이 사서 지금의 무례에 대한 벌 은 유예토록하겠다. 앞으로 성과로써 죄를 상쇄하도록 해."

카일은 마나를 거두며 나가라 손짓했다.

리사는 순순히 일어났다. 하지만 몸을 돌리진 않았다.

아니, 못 했다.

아직 납득이 다 되지 않았기 때문이다.

"그럼 왜 저에게 호위를 붙여 준다고 하신 거죠?"

"훌륭한 무희인데, 사건을 유발할 만한 외모를 가지고 있으니 당연히 보호를 하라 하지."

"단지 그뿐인가요?"

"그럼 달리 무슨 의미가 있지?"

"비슈에게도 많은 수의 호위를 붙여 주셨더군요. 이렇게 호위를 붙여 주는 것이 영주님 나름의 인장 같은 것 아닌가요?"

"이거 계속 듣다 보니 오해를 풀고 싶은 게 아니라 원하는 말을 듣고 싶어 하는 것 같군. 내가 자네를 품고 싶어 하기를 원하나?"

"그, 그럴 리가요! 저는 영주님을 좋아하지 않아요!"

리사는 반사적으로 놀라서 소리쳤다.

자신을 무슨 짝사랑 집착녀쯤으로 바라보는 것 같아서 말이다.

그런데 소리를 지르고 나서야 순간 퍼뜩 정신이 들었다.

'아이 씨–! 원한다고 했어야 했는데!'

리사는 큰 기회를 날려 버린 자신의 실수에 스스로 머리를 쥐어박고 싶은 심정이었다.

"그렇다면 이런 쓸데없는 논쟁은 하지 말도록 하지. 만에 하나라도 내가 자네에게 동하거든 명령서를 내려 호출할 테니, 앞으로 그 어떤 다른 요소로 헛생각하지 말도록 해. 일을 하러 왔으면 일을 해야지."

"아흐–. 네. 알겠어요. 후우–. 죄송합니다. 그럼 나가 보겠습니다."

리사는 맥이 픽 빠져서는 집무실을 나갔다.

카일은 그런 리사를 보며 고개를 갸웃했다.

"분명 나에게 공작을 하려고 위장 투항을 하고 접근한 것일 텐데……."

그 정도면 낙원단으로서 투철한 신념과 그에 상응하는 실력이 있어야 하지 않나 싶었다.

지금까지 겪은 낙원단원들을 보아도 리사처럼 오락가락하는 인물은 없었다.

카일은 아직 확인하지 않은 정보단의 보고서를 훑었다.

그 내용만 보아도 자신에 대한 공작 기회를 놓친 것을 아쉬워하는 것만으로 해석하기에는 감정이 너무 과잉되어 있었다. 그리고 정보원의 코멘트가 카일의 미간을 좁아지게 만들었다.

　대상의 언행으로 볼때 영주님께 연정을 품고 있을 가능성이 예측되고 있습니다. 로살롯 영주가 내방한 상태에서 불편한 상황이 연출될 수 있음을 시사드립니다.

"정신 사납게 하는구먼. 첩자로 와서 목표 대상한테 반한다는 게 말이야 똥이야. 쯧. 일을 하러 왔으면 일을 할 것이지."

할 일 많은데 별것도 아닌 걸로 정신 사납게 하니 좋은 평가가 나올 리가 없지 않겠나.

"딴생각 못 하게 일이나 잔뜩 줘야겠구먼."

카일은 그렇게 리사에 대한 보고서를 덮었다.

잠시 후 목욕을 마친 레이첼이 집무실로 들어왔다.

직접 아침 쟁반을 챙긴 채였다.

"시녀장의 말이 영주님께선 아침을 집무실에서 간단히 해결하신다고 해서요."

"직접 들고 올 것까진 없는 일이었소."

"제 것도 있는걸요. 다들 이것저것 바쁜 모양이더라고요. 그래서 오는 김에 제가 가지고 왔어요."

"알겠소. 그럼 같이 듭시다."

카일은 레이첼과 함께 식사를 한 후 군다를 찾아갔다.

북문으로 나가야 하니, 가는 길목에 수신공원이 있다.

웬걸 지금도 쿵쿵 드워프 특유의 발구름 소리가 들렸다.

여태 싸우고 있는 모양이다.

카일은 군다에게 상의할 항목으로 가름에 대한 것까지 포함시키며 북문을 나섰다.

"이렇게 이른 아침부터 붙어 다니는 걸 보니 밤도 같이 보낸 모양이구먼."

"면전에 대고 그런 말을 하는 게 실례라곤 생각 안 하는 거냐?"

"프하하하하. 실례는 무슨. 행사를 하는 동안에는 찾을 일 없다더니 왜 찾아온 거냐? 여자를 끼고 온 거 보면 여자와 관련된 일이겠지. 내 들어주마. 너는 그 여자와만 관련되면 눈에 쌍심지를 켜고 달려드니 내가 다 들어줘야지. 크흘흘흘."

카일은 군다가 자신에게 장난을 거는 것을 알았다.

과민할 필요는 없다고 여긴다. 신경 쓸 것은 지금 군다의 기분이 유쾌한 상태라는 점이고 레이첼을 두고도 격이 안된다며 나가 있으라 말하지 않는 점이다.

그리고 지금 레이첼과 같이 온 목적을 생각하면 군다가 레이첼을 운운하는 것을 그냥 두는 게 더 긍정적인 부분도 있었다.

"다 들어준다 하니 속은 편하구먼. 그래, 어디까지 들어줄 거냐?"

카일이 편히 자리하며 레이첼더러도 옆에 앉으라 했다.

레이첼도 눈치를 살피지 않고 카일 옆에 앉았다.

"거 아주 손 좀 맞춰 줬더니 대가리를 삶아 먹을 작정으로 달려드는구먼. 뭘 시키려고 그러냐? 창작품 하나 도와주는 걸로 너무 생색낸다."

"이건 서로 좋은 거야. 그리고 뭘 해 달라는 게 아니라 인가 정도 바라는 것이고."

"시끄럽다. 인가부터 시작해서 결국은 손을 빌려 달라 할 거 아니냐. 빙빙 돌리지 말고 용건이나 얼른 말해라."

"로살롯 쪽으로 길을 좀 트려 해. 욜트에서 바로 이어지는 길로."

레이첼이 눈을 번쩍 뜨며 카일을 쳐다봤고 카일은 그저 듣고 있으라 고개를 끄덕였다.

"둘 사이에 거래도 있으니 나만 이득 보는 일은 아닐 거다."

"거 제 여자 앞에서 면 좀 세우겠다는데 어깃장 놓을 수도 없고. 쿵! 그 정도는 알아서 해라. 한 열 명 붙여 주랴?"

"붙여 준다고 하면 마다하진 않지."

"하여간 간교한 인간 놈. 손 마다하는 적이 없다."

"받을 수 있는 건 받자는 주의라서 말이지. 그리고 가름은 좀 불러들여라. 아직까지 싸우고 있더라."

"풀게 냅둬. 그놈 날 잡으면 3일은 그래야 된다. 상대하는 사람 걱정이면 네가 물리면 될 일이다."

"탈 나는 것 아니면 됐다."

카일은 자리에서 일어났다.

손쉽게 목적을 달성한 덕에 괜한 입씨름은 하지 않게 되었다.

군다의 거처를 나오자 레이첼이 카일의 소맷단을 잡아당겼다.

"영주님, 영주님!"

"왜 그러시오?"

"과한 선물이에요. 제가 욜트와 직행로를 뚫지 않는 건 상징적인 이유도 있다고 말씀드렸는걸요."

선물이 아니다. 욜트와 로살롯을 직접 연결하는 것은 올한 해 목표의 큰 초석 중 하나이다.

레이첼이 싫다고 해도 관철시켜야 하는 일인 셈이다.

"선물이 아니오."

"정말요? 저 듣기 편하라고 하시는 말씀 아니고요?"

"내 계획을 들어 보면 선물이 아니라 일이라고 이해가 될 것이오."

"무슨 계획이신데요?"

카일은 바르테온의 영역을 루카시스 전역으로 확장시키고 싶은 욕심이 있다.

그 안에는 당연히 로살롯 또한 포함된다.

다른 모든 곳을 바르테온 속에 두면서 로살롯만 독립적으로 둘 수는 없다.

대맥에서 어긋나는 일이다. 하지만 그 과정에서 로살롯을 숄과 같은 취급을 해서는 안 된다.

그건 바르테온의 정신인 기사도와 정면으로 위배된다. 로살롯은 로살롯에 맞는 대처를 해야 한다.

카일은 로살롯의 독립성과 주체성을 유지시키면서 공생의 영역으로 접근하면 적당할 거라 여겼다.

그리고 할 것이라면 지금부터 그 계획을 공유하는 게 낫다고 여겼다. 아직은 발을 뺄 수 있는 시점이기 때문이다.

발을 빼지 못할 상황을 다 만들어 놓고 그제야 선택을 하라 하면 그건 선택지를 준 거라 할 수 없다.

"나는 바르테온의 영향력을 루카시스 전역으로 확장시키고자 하는 욕심이 있소."

"네, 알고 있어요. 일찍부터 그렇게 말씀하셨잖아요."

"그 안에는 그대의 로살롯도 포함되어 있기에 하는 말이오."

"안 그래도 그거 저도 물어보려고 하던 참이었는데. 마침 말 나온 김이니 제가 먼저 뭐 하나 물어봐도 돼요?"

"얼마든지 물어보시오."

"어제 공표하신 신분패 있잖아요. 그거 저도 받을 수 있는 건가요?"

"신분패 말이오? 그대라면 그 안에 녹아 있는 내 의도를 알아봤을 텐데."

"벤자리안들을 바르테온으로 귀화시키려고 하신 것인 줄은 알아요. 그런데 그 신분패의 혜택이 정말 엄청나잖아요. 특히 마나술에 대한 것이요."

"그대라면 신분패가 없다고 해도 기술 교류 명목으로 전수해 줄 수 있소."

"제가 그런 의미로 묻는 게 아닌 걸 아시잖아요."

레이첼이 카일의 눈을 빤히 봤다.

카일은 그녀가 자신을 존중하고 따른다는 것을 잘 알고 있다. 하지만 그녀가 셈이 빠르다는 것 또한 잊은 적이 없다.

"어디까지 계산하셨소?"

"마지막까지요."

"어디가 마지막인지 모르겠군."

"적어도 영주님이 생각하는 목표로써의 마지막이요. 말씀은 영향력이라고 하셨지만, 진짜 의지는 복속에 가깝지 않나요? 영주님께선 루카시스 전부를 바르테온으로 만들 생각이시잖아요. 그렇지 않나요?"

"부정하지 않겠소."

"그럴 거라고 생각해요. 그리고 그게 모두를 위해서 더 낫지 않나 하는 생각을 하기도 했어요."

"더 낫다니?"

"영주님은 하고자 한다면 벤자리안들을 멸족시킬 수 있었어요. 명분은 차고 넘쳤고 민중의 분노도 충분했죠. 능력은 말할 것도 없고요. 그럼에도 하지 않으셨어요. 오히려 저들에게 좋은 옷을 주고 여러 권한을 약속하며 우대하셨죠."

"그것은 합병을 위한 유화책에 지나지 않소."

"네. 그러니까요. 그게 영주님의 방식이잖아요. 정복이 아닌 유화. 그것이요. 그리고 그 이후라고 해서 딱히 차별을 하고 노예로 부리실 것도 아니고요. 만약 누군가가 이 세상을 모두 통치해야 한다면, 저는 그 누군가가 영주님이면 좋겠다고 생각했어요. 모두를 위해서라도 말이에요."

"너무 높여 주니 얼굴 보기 부끄럽소."

"그건 영주님께서 과하게 겸손하셔서 그런 것이고요. 여하튼, 그때가 되면 늦잖아요. 저는 계속 첫 번째이고 싶어요. 처음부터 마지막까지, 모든 부분에서 영주님의 첫 번째 자리에 앉아 있을래요."

레이첼은 연거푸 첫 번째란 말을 강조했다.

카일은 그 말에 여러 의미가 녹아 있음을 알고 있다.

"내가 어떤 일을 도모할 때 당신을 후순위로 두는 일은 없을 것이오."

"네. 그러니까 그 신분패요. 저에게도 주세요. 바르테온 신분패를 발권해 줄 수 있는 권한을요."

레이첼은 당차게 말했다.

실로 엄청난 권한을 달라고 하는 것이다. 표면적으로 보면 말이다.

하지만 그 내면에 있는 해석까지 들여다보면 영주로서 요구해서도 안 되고 준다고 받아서도 안 되는 권한이다.

그것이 복속을 뜻하는 것과 다름이 없기 때문이다.

"그것에 대한 여러 파급과 영향을 충분히 계산하였소?"

"물론이죠. 첫 번째가 되고 싶다고 했잖아요. 같은 맥락이에요. 솔직히요, 저 느끼고 있었어요."

"무엇을 말이오?"

"영주님이 루카시스를 전부 복속하고 싶어 하는데, 저를 의식하고 계신 것을요. 저를 보아서 로살롯까지 복속하려 하진 않으시겠죠. 그 마음은 분명 믿어요. 하지만 로살롯을 제외한 나머지 전부가 바르테온의 휘하로 들어가고 나면. 그때가 되면 오히려 로살롯이 외톨이가 되는 거 아닌가요?"

카일은 긍정의 의미로 잘게 고개를 끄덕였다.

"그래서 로살롯에는 교역에 대한 자주력을 잃지 않도록 지분을 양보하려 했소. 그것을 지원할 생각이었고, 이번 율트와의 직행로 개설도 그것을 위한 것이었소."

"저는 그런 게 큰 의미는 없다고 생각해요. 아무리 영주님이 챙겨 준다고 한들, 다른 제후령들이 영주님과 같은 마음으로 로살롯을 대하지 않을 거예요. 그리고 세대가 바뀌면 또 어떻게 될지 모르는 것이고요."

레이첼은 카일의 눈을 똑바로 쳐다보며 말했다.

오랜 시간 고민했고 결론을 내렸음이 분명한 눈빛이었다.

"지금 제 결심을 두고 누군가는 저에게 영지를 들어다 바친 배신자라고 할 수도 있겠죠. 아니면 남자에게 정신이 팔린, 별수 없는 계집이라고 폄하할 수도 있을 것이고요. 그런데요. 그렇다고 해도 이게 맞는 것 같아요. 로살롯은 바르테온의 첫 번째로 소속될 거예요. 그렇게 첫 번째가 되어 첫 번째로서의 권리를 부여받겠어요. 저에게 신분패를 발행할 권한을 주세요."

지금 상황에서 거절할 이유가 없는 조건이었다.

안 그래도 로살롯의 처후에 대한 고민을 하고 있던 차였는데 레이첼이 먼저 이렇게 따라 준다면 큰 고민거리 하나 말끔하게 해결하는 것이었다.

"알겠소. 그리하리다. 그리고 그대가 계집이라 폄하당하는 일은 없을 것이오."

"후훗. 그런가요?"

"그렇소."

"네, 감사해요. 영주님이 그렇다고 하면 분명 그렇게 되겠죠. 그러면 이제 숙제 같은 선물을 주세요."

레이첼이 양손을 보아 앞으로 내미는 시늉을 했다.

"좋소. 양껏 내드리겠소."

카일이 레이첼의 손 위에 무언가를 올리는 시늉을 했다.

손에 쥔 것이 없으니 레이첼의 손 위에 카일의 손만 올라간 모양새였다.

❖

"결국 그리한 것이냐?"

반테르센은 복잡한 표정으로 자신의 딸을 쳐다봤다.

레이첼은 아쉬움과 홀가분함이 함께 섞인 얼굴로 그를 마주했다.

"네. 그렇게 했어요. 원통하시나요? 끝까지 붙잡고 버티고 있을걸, 괜히 물러났구나 그렇게 생각하세요?"

"아니다. 이번에도 네 선택이 옳겠지."

반테르센은 회한 가득한 얼굴로 하늘을 보았다.

"그런데 왜 그런 표정이세요? 영주가 선택한 일인데 좀 웃으면서 받아 줄 수도 있는 거잖아요."

"이제 로살롯이란 이름은 사라지지 않겠느냐? 온 세상에 온통 바르테온만 남게 될 테지. 그 쓸쓸함이 어찌 단번에 가실까."

"그런 것이라면 걱정 마세요. 영주님의 통치는 그렇지 않아요."

"바르테온에서 신분패를 내준다고 했다. 모든 이름이 바르테온이 되는 것이다."

"아니요. 그렇지 않다니까요."

레이첼이 카일에게 받아 온 신분패를 꺼냈다.

"시제품으로 받아 온 거예요. 그리고 이건 영주님이 즉석에서 직접 파 주신 제 신분패고요."

레이첼의 신분패에는 그녀의 이름을 레이첼 폰 로살롯 인 바르테온이라고 표기되어 있었다.

"모든 이름이 바르테온이란 큰 울타리 안으로 들어가는 거예요. 바르테온은 우리와 같은 영지라는 단계가 아닌 그 이상의 단계가 되는 것이고요."

"그게 무슨 말이냐? 영지 이상의 단계라니?"

"영주님께서 이 신분패를 만들어 주면서 말씀했어요. 바르테온은 영지 이상의 단계로 올라갈 것이고, 그것은 국가,

왕국이란 개념이라고요. 그러니 굳이 다른 이름을 지을 필요가 없다고요."

"이름은 주체다. 그 주체성을 지우지 않고 복속이 된다더냐? 그이가 이것을 모를 리 없을 텐데, 그런 말을 하는구나."

"저도 그렇게 말했죠. 그랬더니 모든 조직이 하나로 묶일 수 있는 것은 통일된 무언가에 있다는 말을 하더라고요. 이름도 그 안에 포함되는 개념이라고. 그런데 생각해 보면 맞기도 하잖아요. 기사단을 보아도 이름, 복장, 깃발. 이런 통일된 것으로 조직을 규합하니까."

"그래서? 그이가 뭘 어쩌겠다고 하든?"

"그 통일의 범위를 확장시킨다고 했어요. 같은 것을 공유하는 분야가 늘어나면 늘어날수록 소속감을 가지게 될 거라고요. 이것을 알고 나면 그간 이해되지 않았던 영주님의 행보들이 정말 하나같이 다 말끔히 이해가 돼요."

레이첼은 지금까지 카일의 선택에 반대한 적이 없다. 항상 적극적으로 그의 말을 따랐다. 하지만 모든 결정에 완벽히 수긍하고 납득한 것은 아니었다.

특히 벤자르의 인사들을 크게 중용하여 쓰는 것에선 다소간의 불안감이 있었다.

카일이 능력이 없는 것도 아니고 굳이 저들을 그 정도까지나 대우해 가면서 곁에 두려고 목매지 않아도 되는데, 왜 그렇게까지 할까. 하는 의구심이 항상 조금씩은 남아 있었던 것이다.

"영주님께서 벤자리안들을 크게 중용하는 것은 그들의 기술력이 필요해서라기보다 그들에게도 통일된 무언가를 공유시키기 위해서였어요. 그들에게 바르테온을 경험시켜 주어 바르테온에 소속감을 가지게 하는 것이 더 큰 목적이었던 것이죠. 정말 범위가 다르지 않나요?"

레이첼은 너털웃음을 지었다.

능력적으로 따라갈 수 없는 것을 넘어, 그 상상력과 의식의 영역에서도 자신이 넘보지 못하는 높이에서 내려다보고 있는 느낌이었다.

"앞으로 술사단을 다른 영지로도 파견을 보낸다고 했어요. 벤자르의 것이 바르테온으로 들어와서 다른 영지로 퍼지게 되는 것이죠. 그러면 벤자리안들은 자신들과 직접적인 접점이 하나도 없는 곳에 가서도 자신들의 것을 느낄 수 있는 것이에요. 바로 바르테온이란 이름 덕에요. 이 개념이 이해가 되시나요? 이게 당장이야 전쟁을 한 아픔이 있으니 반감이 지워지지 않겠지만 한 세대만 지나도 상황이 달라질걸요."

"그 한 세대 전에 다시 갈라질 수도 있는 일이야."

"그럴 거라고 보세요?"

"역사적으로 그렇다는 말이다."

"영주님이 앞으로 60년은 더 정무를 보지 않겠어요? 지크 어르신께서 그러는 것처럼요. 그러면 두 세대 동안 이 기조가 쭉 이어진다는 거예요. 영주님은 당근과 채찍이 아니라 꿀통과 도살검을 들고 있어요. 어느 누가 꿀통 대신 도살검을 선택하겠어요?"

"그래. 네 말처럼 되기를 바라마. 이젠 네가 영주이니 내가 무슨 말을 하겠냐. 네 마음대로 하거라."

반테르센은 어깨를 늘어트렸다.

그는 이제 자신의 혈기나, 지휘와 권한, 그 어떠한 것으로도 제 딸을 이길 수 없다는 것을 받아들여야 했다.

"너무 그렇게 섭섭해하시지 마세요. 우리에게도 분명 좋은 일이에요. 바르테온의 첫 번째가 될 테니까요."

"그 첫 번째는 네가 첫 번째 부인이 된 다음에나 확실해지는 것이지. 내 가만 보니 후보가 많더라. 그리고 눈치를 보아하니 그이가 딱히 너를 사랑……."

"아버지!"

"왜 소리를 지르고 그러냐? 귀 안 먹었다."

"나만 춤췄거든요? 나만 유일하게 영주님하고 춤을 췄다고요. 뭐 알지도 못하면서 후보니 어쩌니 그러세요?"

"결혼반지 끼기 전까진 모르는 거다. 그 골렘 마스터는 아예 관저에 사는 것 같던데, 어쩌다가 덜컥 애라도……."

"아, 진짜! 그런 쓸데없는 소리 할 거면 그냥 가세요. 가서서 상행 나갈 준비나 하세요! 새로운 상행로 개척을 나갈 거니까!"

"남녀 사이 순식간이다. 닭 쫓던 개 지붕 쳐다본다는 말이 괜히 있냐."

"오늘 참 이상하시네! 말이 왜 이렇게 많담!"

레이첼은 반테르센의 등을 떠밀어 방 밖으로 쫓아냈다.

그냥 지나칠 수도 있는 말인데 지나쳐지지가 않는다.

자신이 첫 번째다. 그 믿음이 흔들린 적은 없었다.

함께 산행을 했고 함께 전쟁을 수행했고 함께 춤을 췄으니까.

그런데 왜 이렇게 불안할까.

반테르센의 말이 아주 없는 말은 아닌 탓이다.

"그 맹한 여자. 영주님 보는 눈이 무슨 주인님 보는 강아지 눈 같긴 했지⋯⋯. 그리고 그 무희도⋯⋯. 영주님 성격에 분명 곁에 두려고 하실 텐데."

후보가 많긴 하다. 그리고 하나같이 만만하지가 않다. 더욱이 태생과 출신을 따지지 않는 카일을 성격을 생각하면 영주라는 자신의 출신에 자신하며 안일하게 생각할 문제가 아니긴 하다.

"아빠는 괜히 쓸데없는 소리를 해서는⋯⋯."

아직 축제가 다 끝나지 않은 지금. 레이첼의 머릿속에 남녀 사이 순식간이란 말이 계속 맴돌았다.

5장

카일은 제2차 상행 확장에 대한 건이란 이름의 계획서를 하나 새로 작성했다.

내일 있을 정무회의에서 논할 것이다.

이번 2차 상행 확장 계획에서 가장 핵심이 되는 것은 위그선의 데뷔 무대와 상행의 노선을 남부와 북부로 나눠 이원화시키겠다는 것이었다.

그리고 그 이원화의 한 축인 북부에 대한 것은 로살롯이 전담하고 바르테온은 남부로 영역을 확장하는 것에 전념하게 된다.

현재 솔에 투입되고 있는 바르테온의 상행단까지 전부 남부로 이동하게 되고 솔까지도 로살롯이 전담하게 되는 것이다.

거기에 정기선도 전부 철수시킬 것이다.

지금도 정기선 외에 여러 배들이 숄과 왕래 중이니 정기선을 철수시킨다고 해서 운송에 차질이 생기진 않는다.

안보에 대한 것도 친위단의 체계가 완전히 잡혔기 때문에 선박 내에서의 감청이 없어도 크게 문제 될 게 없었다.

가용할 수 있는 모든 총력을 남부와 동부로 보낼 것이다.

그리고 그렇게 거래를 트고 영향력을 확보한 영지들을 하나의 울타리로 묶는 것까지가 올해의 최종 목적이다.

"영주님, 저 레이첼이에요. 잠시 들어가도 될까요?"

"마침 잘 오셨소. 들어오시오."

레이첼이 집무실로 들어왔다.

"부인들을 보러 간 것 아니었소?"

"가만 생각해 보니까 영주님께선 벌써 신년 계획을 실천하고 계신 것 같더라고요. 첫 번째인 제가 그 옆에서 열심히 발을 맞춰야죠. 그런데 마침 잘 왔다고 하신 걸 보면 제가 필요한 일이 있었나 봐요?"

"이것 한번 보시오."

카일이 작성하고 있던 문서를 건네줬다.

"그대가 북부를 연동하고 내가 남동부를 아우른 이후 루카시스 상업연동체라는 하나의 규약으로 전부를 묶을 생각이오."

"그렇게 해야만 하는 이유가 있나요? 그러니까 다른 영지들이 그것을 받아들여야 하는 이유요."

"대부분의 영지가 다른 영지에서 들어온 상인이나 물건에 추가적인 세금을 부과하고 있소. 항목도 많고 규정도 제각각이오. 그 세금 항목을 관세라는 이름으로 전부 통일하고 일정하고 일률적인 세율과 규정으로 부과하도록 하는 것이오."

"그렇다면 상행에 분명 도움이 되겠네요. 사실 지역마다 다른 세금 항목 꿰는 것도 따로 공부를 해야 할 정도로 힘든 일이거든요. 공부를 했다고 해도 현장에서 곤욕을 치르는 것도 빈번하고요."

영지마다 세법이 다르고 그 영지에서도 제후령마다 또 세법이 다르다.

제후령주가 나쁜 마음을 먹는다 치면 세금이 신설되었다고 하면서 큰돈을 뜯어 가는 것도 가능하다.

그런 패악질을 부린다고 해서 상인이 대응할 수단이라곤 다음부터 거래를 하지 않는 것 정도밖에 없기 때문이다.

그런 정리되지 않은 세법과 폐단은 원활한 상행과 상거래를 막는 큰 요소였다.

"상업에 눈이 뜨인 지도자들은 모두가 그 제멋대로인 세법에 골머리를 앓아요. 서로들 합의를 해서 어느 정도 정리를 한다고 해도 지방 제후령까진 그 명령이 제대로 이행되지 않기도 하고요. 그러면 또 유명무실해지는 거죠."

그렇기에 이런 상호조약은 서로가 서로의 집안을 완벽하게 정돈할 수 있을 때에서야 비로소 실효성이 생긴다.

아니면 누군가 압도적인 영향력을 가진 사람이 주도하든가.

"이전까지 누구나 한 번쯤은 생각했지만 누구도 성공시키지 못한 것이에요. 그러니까 영주님이 하시면 가능하실 거라고 생각해요. 누구나 가지고 있던 생각을 실행해 줄 리더가 등장한 것이니까요."

"긍정적인 의견 고맙소. 그럼 이 연합 내에서 같은 도량법을 쓰게끔 하는 것은 어떻소?"

"이번에 배포하신 기준도량법을요?"

"그렇소."

카일의 긍정에 레이첼이 눈을 반짝였다.

"다음 단계로 넘어가기 위해서 무조건 배포해야 되는 것이네요?"

입꼬리를 쓰윽 올리기까지 한다. 자신의 영특함을 보아 달라는 듯이 말이다.

"이왕 하실 거면 세법을 통일할 때 함께 진행하시는 게 맞을 것 같아요. 이런 건 한 번에 묶어서 처리해야지 나중에 또 바꾸자고 하면 분명 지지부진해지거든요."

"나 또한 그럴 생각이었소. 그런데 이 두 가지를 한 번에 다 바꾸려거든 저항도 클 것이고 적용도 오래 걸릴 것이오."

"그럼 우선 저희부터 도량법을 같이 쓸까요?"

레이첼이 목을 쭉 빼며 물었다. 칭찬을 바라는 얼굴이다.

"도량 도구가 만드는 게 어려운 것은 아니잖아요. 저희 쪽에서도 충분히 만들어서 배포할 수 있거든요. 거래처마다 만들어다 주면서 다음부턴 이걸 기준으로 거래를 하자 하면 그 정도 안 들어주겠어요?"

카일은 레이첼의 적극성에 잠시 턱을 당겼다.

그녀의 기운이 종전보다 너무 저돌적이고 적극적이라서 말이다.

더욱이 자신의 의도를 알고 있는 상황에서 이러는 것이니, 자신의 행보에 앞장서는 선봉장이 된 듯 느껴질 정도였다.

"그리고 이왕이면 가장 말단에 있는 작은 마을에 더 신경 써서 배포를 해야 할 거예요. 도량 도구도 딱 맞게 주는 게 아니라 좀 넉넉하게 주는 거죠. 그런 것 하나도 귀한 마을에서는 다들 그걸 나눠 쓰게 될 거거든요. 뿌리에서부터 영주님의 기준도량법이 퍼져 나가는 거죠."

봐라, 머리가 핑핑 돌아가고 있잖나.

카일도 이와 같은 부분을 신경 쓰고 있던 차였는데 이렇게 레이첼이 먼저 적극적으로 나와 주니 고마운 일이었다.

"그리해 주면 더할 나위 없소."

"그렇죠? 그러면 북부는 제가 바리바리 싸 들고 가서 발에 채일 정도로 뿌리고 올게요."

"지금은 충분하겠소? 제작비만 드는 게 아니라 인건비며 운송비며 추가 지출이 상당할 것이오."

"영주님께서 한몫 단단히 벌게 해 주셨잖아요. 앞으로도 왕창 벌 거고요."

드워프와의 거래를 말하는 것이다.

로살롯이 담배와 같은 기호 식품을 대가로 받아 가는 드워프 광물은 솔직히 말도 안 되는 교환비이긴 했다.

"지금 시절이 좋다고 앞으로도 좋으리란 보장은 없을 거요. 그리고 욜트에 묵혀 둔 철이 무한정 있는 것도 아닐 것이고."

"음一. 그래서 말인데요. 제가 이건 일부러 들으려고 들은 게 아니라 드라칸이랑 대작하다가 혼잣말하는 것을 듣게 된 것이거든요. 창작품에 대한 거요."

"거창한 비밀은 아니오. 그리 조심스러울 것 없소. 그에 대해 가지고 있는 생각이 있소?"

"그 창작 대회에 온 드워프들이 다 모이는 거잖아요. 거기에 지금 욜트로 보내는 담배를 좀 보내 보면 어떨까 하는 생각이 들었어요. 욜트 드워프들 입에 맞으니까 다른 드워프들 입에도 맞지 않겠어요?"

"좋은 생각이오. 하지만 직접 가는 것은 아무래도 어려울 것이오. 그 자리가 드워프들만의 축제인지라 사람이 끼는 걸 이방인 취급할 가능성이 크다고 보오."

"네. 그래서 제가 직접 가진 않을 거고요. 욜트의 반장 중에 하나를 중개자로 삼으면 좋을 것 같아요. 당연히 중개 수수료는 지불하고요."

이 정도면 벌써 웬만한 계획은 다 나왔다고 봐야 한다.

제 아버지의 피가 어딜 간 게 아니다. 반테르센이 그랬던 것처럼 레이첼도 사업가 기질이 다분하다.

그러니 지금 이렇게 자신에게 올인을 하는 것이겠지.

"그러면 담배 생산량은 어떻소? 보아하니 드워프들은 담뱃잎을 많이 쓰던데."

"네. 한 번에 피우는 양이 한 다섯 배는 되더라고요. 그 소비량 생각하면 생산이 달리긴 해요. 창작의 날에 얼마나 계약을 따낼 수 있을진 모르지만, 지금 욜트에 들어가는 것에 세 배 정도만 예상한다고 해도 수급량이 부족하죠."

"미리부터 담배 수급을 늘려야겠소."

"그래서 담배 농사를 확장시켜 보려고 해요. 사촌 오빠들한테 한 귀퉁이씩 떼어 주고 소출 적으면 정강이를 후려 차주려고요."

"그리하시오. 적당한 농경지는 있소?"

"이제 새로 개간해야죠. 찾으려거든 금방 찾을 수 있을 거예요."

"그러면 애써 찾을 것 없이 북부 개간지를 가용토록 하시오."

"그 땅은 영주님께서 목화를 심으려고 준비한 땅이지 않나요? 생산량 계산을 다 하고 정하신 것일 텐데, 제가 가용해도 되나요?"

"어차피 남부를 추가로 개간할 계획이오. 개간도 하던 이들이 하는 게 빠르지. 그리고 생산량에 대한 것은 걱정 마시오. 나름 답을 찾았소."

"그렇군요. 그러면 그냥 주시는 거 편히 쓸게요. 임대료는 소출의 5할로 맞춰 드릴게요."

"내가 그 5할을 받을 것 같소?"

카일의 되물음에 레이첼은 히죽 웃었다.

"그럼 3할?"

"하하, 장난은 다른 때에 합시다. 아직은 일 중이라."

"아홋. 넵. 그럼 임대료는 없는 걸로 상정할게요. 계약서 쓸까요?"

지금까지 아무리 사소한 것도 계약서를 작성했었다.

그러니 이번에도 그리하는 게 특별한 일도 아니다.

아니, 오히려 계약서를 작성하지 않는 게 특별한 일이다.

"그대가 도량법을 배포해 주는 것도 서류가 없는데, 이것이라고 서류가 필요하겠소? 이번은 구두계약으로 합시다."

카일의 말에 레이첼의 얼굴이 화사한 미소로 피어났다.

"진짜죠? 진짜 구두계약으로 하는 거죠?"

"그렇소. 그리합시다."

"네, 선물 감사해요. 아, 바쁘시죠? 그럼 저는 이만 나가 볼게요."

"그런데 날 찾아온 이유가 있지 않았소?"

"아, 음. 그러니까요. 그게 있긴 했는데요."

"말씀하시오. 못 할 말이었으면 찾아오지도 않았을 것 아니오."

"그냥, 음. 골렘 마이스터분하고 좀 친해져 보고 싶어서요."

"비슈는 사업적으론 잼병이오. 오브나 골렘 건축술에 대한 것이라면 나와 이야기하는 게 빠를 것이오."

"아니요. 아니요. 그런 사업적인 것 말고요. 그냥 개인적으로 친해지고 싶어서요."

"하긴, 비슈가 7서클이니 같은 여자로서 어떤 깨달음의 단초가 될 수도 있겠소."

"네. 네. 그렇죠. 같은 여자로서요. 여자 대 여자로. 나이대도 비슷하고, 경지도 더 높고 그래서요. 다른 귀족 부인들이나 영애분들보다 훨씬 교집합이 많잖아요."

"그러시오. 초콜릿을 좋아하니 챙겨 가면 환대할 것이오."

"네, 영주님. 그러면 저는 위층에 있을게요. 언제든 제가 필요하시면 불러 주세요."

"알겠소. 상의할 게 있으면 찾겠소."

레이첼이 씽긋 웃으며 뒤돌았다. 어깨가 들썩들썩이다.

좋아하니 되었다 싶다.

카일은 다시 보고서에 집중했다.

해야 할 일들은 나열한다.

북부와 남부를 하나의 상업권으로 묶는다.

그 과정에서 관세법과 도량형을 통일한다.

위그선과 로살롯의 항해 기술을 더해 루카시스 전역에 걸친 운송망을 구축한다.

그리되면 남부 끝과 북부 끝의 영지가 서로 거래하여 돈을 벌 수 있는 상황이 만들어진다.

그러면 기존에 묶인 하나의 상업권은 하나의 경제권으로 융합된다.

그때는 통치자 혼자 마음을 바꾸는 것으로 연합에서 탈퇴할 수 있는 상황은 이미 지나 버리는 것이다.

그 과정에서 투입되어야 하는 막대한 자금은 드워프들이 묵혀 둔 철로 수급하면 되고, 그 철을 교환하기 위한 담배 및 기호 식품에 대한 생산은 엘프의 기술로 충당할 수 있다.

운송망만 제대로 확충되면 돈과 식량이 돌기 시작할 것이다.

그 어떤 민중이 돈과 식량을 마다하겠나.

세금을 뜯어 가는 가까이 있는 영주보다 돈을 불려 주는 멀리 있는 바르테온에 더 큰 호감을 느낄 것이고, 그런 호감은 그들을 바르테온으로 불러들이는 원동력이 될 것이다.

어느 순간이 되면 폭발적으로 사람들이 모여들 것이다.

그때 발생할 수 있는 여러 주거, 치안, 식량 문제에 대한 것들도 이미 대비가 되어 있는 상황이다.

"뭐 하나 빠질 게 없어. 이제 거칠 것 없이 뻗어 나가기만 하면 되는 일이야."

카일은 심장을 두근거리게 하는 설렘으로 내일의 정무회의를 준비했다.

다음 권으로 이어집니다

꿈의 도약, 로크에서 하십시오
(주)로크미디어에서 신인 작가를 모십니다

즐거운 세상, (주)로크미디어는 꿈을 사랑하고 도전을 두려워하지 않는 작가분들의 참신한 작품을 기다리고 있습니다. 21세기 장르 문학계를 이끌어 갈 차세대 선두 주자 (주)로크미디어에서 여러분의 나래를 활짝 펴 보시길 바랍니다.

모집 분야 판타지와 무협을 포함한 장르 문학
모집 대상 아마추어 작가, 인터넷 작가
모집 기한 수시 모집
   작품 접수 시 유의 사항
   1. 파일명은 작가명_작품명.hwp 형식을 갖춰 주십시오.
   1. 파일에 들어갈 내용은 다음과 같습니다.
      ─ 성명(필명인 경우 실명을 밝혀 주세요), 연락처, 이메일 주소.
      ─ 제목, 기획 의도.
      ─ A4용지 1장 분량의 등장인물 소개.
      ─ A4용지 2장 분량의 전체 줄거리.
      ─ 본문.
   1. 작품이 인터넷에 연재되고 있다면, 게시판명과 사이트의 구체적이고 정확한 주소를 기재해 주십시오.

선택된 작품은 정식 계약 후 출판물로 간행되어 전국 서점에 유통됩니다.
작가분은 (주)로크미디어의 전폭적인 지원하에 전속 작가로 활동하시게 됩니다.
※ 자세한 내용은 로크미디어 홈페이지(rokmedia.com)를 참조하세요.

(03920)서울시 마포구 성암로 330 DMC첨단산업센터 3층 318호
(주)로크미디어 편집부 신간 기획 담당자 앞
전화 : 02)3273-5135
www.rokmedia.com   이메일 : rokmedia@empas.com

ROK
MEDIA
롬미디어

만렙닥터
13월생 현대 판타지 장편소설
리턴즈

인생 2회 차 경력직 신입
칼솜씨도, 인성도 '만렙'인 의사가 돌아왔다!

만성 인력난에 시달리는 흉부외과에 들어온 인턴
메스도 잡아 본 적 없는 주제에
죽을 생명을 여럿 살려 내기 시작한다?

"이 새끼, 꼴통 맞네."
"죄송합니다."
"잘했어!"
"네?"

출세만을 좇으며 살았던 전생
이렇게 된 이상 인생도 재수술 한번 가자!

무데뽀(?) 정신으로 무장한 회귀 의사
이제부터 모든 상황은 내가 집도한다!

南魔宮帝 남궁마제

문운도 신무협 장편소설

회귀한 뇌왕, 가족을 지키기 위해
정파의 중심에서 제대로 흑화하다!

세상을 뒤집으려는 귀천성에 맞서 싸우다
가족을 모두 잃고 제물로 바쳐진 뇌왕 남궁진화
마지막 순간 원수의 뒤통수를 치고 죽으려 했으나
제물을 바치는 진법이 뒤틀리며 과거로 회귀하다!?

남궁세가의 양자가 된 어린 시절로 돌아온 후
귀천성이 노리는 자신의 체질을 연구하다 기연을 얻고
회귀 전과 다른 엄청난 미모와 함께
뇌전의 비밀마저 알아내 경지를 뛰어넘는데……

가족들에게는 꽃처럼 사랑스러운 막내지만
적이라면 일단 패고 보는 패악질의 끝판왕!
귀천성 때려잡기에 나서다!